おたんじょうび　おめでとう

D+

dear+ novel

jajauma Ω wa dekiainante nozomanai ・・・・・・・・・・・・・・・・・・・・・・

# じゃじゃ馬オメガは溺愛なんて望まない

## ～くせものアルファと甘くない同居始めました～

幸崎ぱれす

新書館ディアプラス文庫

# じゃじゃ馬オメガは溺愛なんて望まない
## ～くせものアルファと甘くない同居始めました～

contents

illustration：采 和輝

!?
くせものアルファと
甘くない同居始めました

# 1

「……はぁっ、ん……っ」

現在、午後九時。繁華街から少し外れた路地裏で、呉林恭《くればやしきょう》はあえかな吐息を闇《やみ》に響かせて蹲《うずくま》っていた。

チョーカーをつけた首筋から伝った汗が、襟《えり》ぐりの広いカットソーの胸元へ流れていく。

「誰かいんのか？」

男の掠《かす》れた声が遠くから聞こえ、かつかつと誰かが近付いてくる足音がした。周辺の店の錆《さ》びたシャッターや湿ったアスファルトの臭気《しゅうき》に混じって、夜風が本能を刺激する芳香を運んでくる。

——アルファの匂いだ。

男女という性の他に、この世界にはバース性と呼ばれる第二の性別——生まれつき身体能力や知力などに優《すぐ》れたアルファ、標準的で最も人口の多いベータ、男女ともに妊娠可能でヒートと呼ばれる発情期があるオメガ——が存在する。

アルファとオメガはそれぞれ人口の一割ほどで、フェロモンの匂いによって惹《ひ》かれ合《あ》う性質を持っている。オメガはアルファにうなじを噛まれるとつがいとなり、身体が作り替えられてパートナーにしか発情しなくなる。

書類上だけの婚姻《こんいん》よりも深い契約を身体に刻み込まれるその性質は一見ロマンチックだが、逆を言えばオメガはつがいを得るまで定期的にヒートを起こして不特定のアルファを誘ってしまうということでもある。

多くの独身オメガがチョーカーを付けているのも、ファッションではなく、うなじを守るための自己防衛だ。

「オメガ……だよな」

声の主はこの見通しの悪い路地裏で、発情フェロモンを垂れ流す恭に気付き、自《みず》らも呼応するようにアルファの香りを発している。

蹲る恭の前で、足音が止まった。先の尖《とが》った靴にダメージジーンズという、いかにも夜遊びに来ましたというアイテムが視界に入る。

この時間にここをうろついているということは、これから繁華街に向かうつもりなのだろう。

「――ヒート？」

「はい……っ、急になってしまって、どうしたらいいのか……」

オメガ特有の華奢《きゃしゃ》な身体を震わせながら、恭は目に涙を浮かべて男を見上げる。柔らかなハニーブラウンの前髪を手で払って瞬《まばた》きをしたら、涙が儚《はかな》げに頬を伝った。

傷《いた》んだ金髪をウルフカットにした男は、三白眼《さんぱくがん》気味の瞳をハッと見開き、じわじわと頬を赤らめている。

薄茶の眼は美しく品があるのに、立ち姿は猫背で姿勢が悪く、半開きの唇から覗く犬歯《けんし》と相まって「血統書付きの野良犬」という言葉が頭を過《よぎ》った。

「あの……助けて、くれますか……？」

上気した顔で必死に縋《すが》りつくと、男は恭を横抱きにして立ち上がった。

「もちろん。俺に任せて」

頼もしく頷いて額にちゅっとキスをくれた男は、近くのラブホテルへと駆け足で恭を運んでいった。


「急にヒートになってつらかったね。すぐなんとかしてあげる」

照明の薄暗いホテルの一室で、恭はベッドへ下ろされた。次いで男が着ていたライダースを脱ぎ捨てながら乗り上げてきた重みで、スプリングがぎしりと軋《きし》む。

「でも、恥ずかしいです」

「可愛《かわい》いな。大丈夫だよ、俺に身を委《ゆだ》ねて」

押し倒された恭は、おずおずと男を上目遣《うわめづか》いで見つめる。

「ん……じゃあ、最初にぎゅってしてください」

「いいよ、ほら――うっ」

相好《そうごう》を崩した男は恭の身体を抱き締めた瞬間、呆気《あっけ》なく気絶した。下から這《は》い出《で》た恭は、髪をかき上げてふっと息を吐く。

――これで真相に一歩近づけるかもしれない。

恭はにやりとほくそ笑み、垂れ流していたフェロモンを引っ込めた。

思春期こそヒートの症状に悩まされた恭だが、成長するにつれ持ち前のド根性で自らのフェロモン量を調節できるようになった。

おかげでヒートになっても風邪程度の体調不良で済むばかりか、必要とあらば自らフェロモンを出してアルファを引き寄せることも可能である。

さらには今この男にやったように、至近距離で爆発的にフェロモンを浴びせることにより、アルファを失神させる技まで編み出したときは、元同僚たちにも軽く怯《おび》えられたものだ。

「密着した状態で首筋に顔を埋《うず》めてたし、しばらく起きないいな」

完全に伸びてしまっている男を横目に速《すみ》やかに彼の荷物を漁《あさ》ると、免許証が出てきた。

名前は「柳昂希《やなぎこうき》」と記載がある。性別は男性で、バース性はアルファ。年齢は二十七歳だから恭より二歳下だ。財布には名刺も社員証もなく、そこそこの枚数の万札とクラブのカードが何枚か収まっている。

ホストまたは小綺麗なチンピラといった感じの見た目通り、堅実な職業ではなさそうだ。

身元チェックを終えると、思ったよりも時間が経《た》っていた。恭は急いでシャワーを浴びてバスローブに着替え、男――昂希の服を脱がせる。

若干《じゃっかん》の罪悪感とともにズボンと下着を取り去り、いかにも脱ぎ捨てたような形でシャツとともにベッドの下に落とした。

「んー……」

身じろいだ昂希がうっすら目を開けたところで、恭は彼の隣に潜《もぐ》り込《こ》んで胸元に寄り添った。

「……あれ？　俺、寝てた？　というか、したっけ？」

「はい、あの……ありがとうございました。昂希さんがいなかったらどうなっていたことか」

恭がもじもじしながら目を伏せると、昂希は「気持ちよすぎて飛んじゃったのか……？」と首を捻《ひね》っている。

申し訳ないが、気持ちいいことは何もしていない。ただお前が飛んじゃっただけだ。

「僕、あんなに乱れたの初めてで……恥ずかしい」

あざとく頬に手を当てて照れてみたら、彼はあるはずのない記憶を勝手に生み出したのか、誇《ほこ》らしげな顔をこちらに向けて来た。

「照れてるところも可愛いね。俺は自他共に認める面食いだけど、こんなに好みドストライクの子は初めてだよ。近年稀《まれ》に見るレベルの一目惚《ひとめぼ》れかも。えっと――名前、なんだっけ」

「恭です。呉林恭。もう、忘れちゃうなんてひどいですっ」

名乗ってすらいないので、ひどいのは自分である。

「ごめんごめん、なぜか記憶が曖昧《あいまい》で。恭ちゃんは普段何やってるの？」

「カフェで働いてます。……なんか地味ですね、すみません」

「カフェでバイト？　いいじゃん、今度お店行かせてよ」

「待ってます。昂希さんは何のお仕事されてるんですか？」

「俺はね、ギャンブラー。どう、かっこよくない？　生まれつき勘がよくて、そこそこ稼《かせ》げるんだよ」

キメ顔で言われてイラっとしたが、それはおくびにも出さず「かっこいいです」と話を合わせる。

どうやら彼は適当に賭《か》けて儲《もう》けては、適当に金を使い、ジリ貧になってきたらまた賭けて……を繰り返す生活を送っているらしい。

勘がいいから負けこむことはないが、かといって大勝負をするほどの情熱もない。借金してまで賭け続けるギャンブル狂いよりはましだが、絶妙にダメ男の匂いがする。

「キラキラした夢や野望があるわけじゃないし、粉骨砕身《ふんこつさいしん》とか一生懸命とか、俺、そういうの理解できないんだよね。だから気が向いたときにギャンブルで稼いで生活するくらいがちょうどいいんだ」

「ギャンブラーってことは、繁華街にあるアルファ専用クラブのカジノにも行ったことがありますか?」

繁華街には、アルファとその同伴者のオメガ以外の入店を認めないクラブがいくつかある。そのうちの一軒であるＺｅｕｓ《ゼウス》という店の奥で、不定期に闇カジノが開催されるというのは、知る人ぞ知る噂《うわさ》だ。

案の定、昂希は訝《いぶか》しげに眉を寄せ、探るような視線を向けて来た。

「……よくそんなこと知ってるね」

「友達が一度、パートナーに連れて行ってもらったことがあるって自慢してて……僕も素敵なアルファと出会ったら、一度でいいから入ってみたいなって思ってたんです」

怪しまれたかと思ったが、渾身《こんしん》のおねだり顔で見つめると、彼はデレッと笑って頷いてくれた。

「最近は違うエリアで遊んでたから、ここに来るのは久々だな。闇カジノの拠点《きょてん》って摘発《てきはつ》対策でころころ場所が変わるから、開催されててラッキーだったね」

実は事前に開催情報を仕入れていた恭だが、無邪気に「わーい」と喜んで見せる。

モノトーンで統一されたエントランスで、昂希と恭はバース性チェックのための機械に手を翳《かざ》し、アルファと同伴のオメガであることを確認されたあと、Ｚｅｕｓの店内に入場した。

音の波が押し寄せるフロアを横目にバーカウンターで酒を注文し、昂希にエスコートされながら店の奥へと進む。

辿《たど》り着《つ》いたカジノスペースは、想像より広くて綺麗だった。

テーブルについて賭けを楽しむ昂希の隣で、恭はしばらく相槌《あいづち》を打っていたが、壁際に目つきの悪い坊主頭の男が佇《たたず》んでいるのを発見し、思わず腰を浮かせた。

「昂希さん、ちょっとだけ席外しますね」

「ん？　どこ行くの？」

ポーカーをしている昂希に一声かけると、すっかり恋人気分らしい昂希が浮かせた腰に手を回してくる。

「ほんの少し部屋を見て回るだけですよ。すぐに戻りますから」

「ならいいけど。危ないから俺の目の届く範囲にいてね。あんまり遠くに行っちゃダメだよ」

はい、と従順に頷いた恭の頬にキスをした昂希は、再びテーブルのカードに集中し始めた。

昂希の監視が外れたことを確認し、恭はまだ口を付けていない自分のカクテル――ジャックローズを手に席を立つ。

アルファの同伴者として入店したものの、入ってしまえばオメガもある程度は自由に行動できる。昂希の言う通りアルファだらけの店内でふらふらするのは危険だが、恭には関係ない。

林檎《りんご》のブランデーであるカルバドスとザクロ果汁のグレナデンシロップの混ざった赤い液体

が、恭の手元で妖しく揺れる。

「フルーツが欲しいな」

興奮で上擦《うわず》る声を悟られないように、壁際の男に微笑《ほほえ》みかける。男は無表情で恭を見下ろしてくる。前職が前職なのでこの程度では怯まないが、威圧感《いあつかん》はひしひしと感じる。

「……誰の紹介だ」

「ユウヤだよ、名字は知らない」

逸《はや》る気持ちを抑えながらも、以前隣町のバーでの情報収集中に耳にした男の名前を口にする。このクラブの話をしていたのを盗み聞きしただけだが、間接的な紹介者ということにしておく。

——これであの薬が手に入る。

期待で胸が高鳴り、グラスの中身が波立った。直後、男が周りに目配せをした。背後に複数の気配が近寄って来る。

「お前、何者だ」

「は——」

「紹介者の名前は言わないのがここでの暗黙の了解だ」

しまった——そう思ったときには、恭は囲まれていた。咄嗟《とっさ》に右側にいる男の顔めがけて酒をぶちまけ、正面の坊主の男の股間《こかん》を蹴り上げる。振り向きざまに酒を浴びた男に回し蹴りをお見舞いし、手近にあった椅子をぶん回して、背後に構えていた数人をまとめて殴打する。

「恭ちゃん⁉　嘘だろちょっとまじ何やってんの⁉」

「昂希、逃げるぞ！」

目を剝《む》いて駆け寄ってきた昂希に向かって叫び、全力で店の出口へと走る。途中で昂希が何度か捕まりかけたが、そのたびに恭が相手の顔面にオラァッと飛び蹴りを炸裂《さくれつ》させた。

「予想以上の乱闘になりそうだ。よし、閃光弾《せんこうだん》を使う」

「閃光弾⁉　そんなものどこに——恭ちゃん、口から何を出そうとしてんの⁉」

「親知らずを抜いて空《あ》いた場所に、超小型閃光弾を入れてるんだ。もちろんこういう物騒な場所に来るときだけだよ」

「そういうことを聞いてるんじゃねえよ！」

ちょうど永久歯一本分くらいのサイズの物体をぷっと吐き出した恭は、手近にあった灰皿でそれを思いきり叩き潰《つぶ》して、ぎゅっと目を瞑《つぶ》る。

瞬間、小型とは思えないほどの威力の光が部屋中に広がり、その場にいた全員が目元を押さえて蹲った。

営業妨害《ぼうがい》は重々承知だが、こちらは命がかかっている。この閃光弾は数分間視覚を奪うだけで、その後人体に影響もないので許してほしい。そもそもここで売買されているあの薬の方がよほど危険だ。

「うっかり嚙んで暴発するのを防ぐために、硬いもので外殻《がいかく》を割らないと発光しないようになってるんだ。さあ、今のうちに逃げよう」

昂希の方を向くと、彼も他の客と同じく「目がぁぁ」と呻《うめ》いていた。閃光弾だと予告したんだから目を閉じておいてほしかったと思いつつ、恭は彼をひょいとおぶって阿鼻叫喚《あびきょうかん》の店をあとにする。

裏口に停めていたバイクに跨《また》がり、昂希を強制的に後ろに座らせたが、彼は気の毒なくらい動揺しっぱなしだ。

「どどどどういうこと⁉　目は見えないし、恭ちゃんはいきなり口調も動作も逞《たくま》しくなるし、意味わかんないんだけど」

「悪い、あとで説明する！　とにかく俺に掴まってくれ」

言うや否《いな》や、恭は昂希にヘルメットを被《かぶ》せてバイクを発進させた。

「え、ちょ、待っあああぁ――」

昂希の悲痛な声を残して、赤いテールランプは細い路地に消えていくのであった。


「――で、どういうことか説明してくれる？」

住宅街の片隅に位置するカフェ「ミライエ」の外階段を駆け上がり、二階にある自宅に着いて早々、恭はフローリングの床に正座をしていた。

頭頂部にびしびしと怒りの視線が突き刺さる。リビングの椅子に腰かけた昂希が、悲憤の表情でこちらを見下ろしているのは、顔を上げなくてもわかる。

彼が腹を立てるのも無理はない。突然大乱闘に巻き込まれた彼は賭けていた有り金をすべてカジノに置き去りにし、そのうえ身分証が入った財布とスマホまで落としてきてしまったのだ。住所が割れたらと考えると危なくて自宅に帰れないし、スマホも悪用されないよう大慌てで利用停止手続きをしたり、リモートでデータ削除をしたりしていた。

一夜にして宿無し無一文となった上に連絡手段まで失った彼には、恭を責める資格が十分にある。

「……俺は二年前まで組対《そたい》の刑事だったんだ」

組対——通称、組織犯罪対策部。恭の所属していた五課は、組織犯罪による薬物や密輸入の事案を取り締まる部署で、現在は警視庁薬物銃器対策課に改編されている。

ぶりっこしていた口調も元に戻して、恭は呻くように説明を続ける。

「俺は当時、栗山組《くりやまぐみ》が関与していると思《おぼ》しき薬物を追っていた——」

遡《さかのぼ》ること二年と少し前、都心を中心にレッド・ヒートと呼ばれる合成麻薬が出回った。オメガを強制的に重度の発情状態にし、最終的に死に至らしめるセックスドラッグで、その元締めと噂されていたのが、指定暴力団・栗山組だった。

ザクロの果肉のような強烈な赤色をした錠剤《じょうざい》のせいで、何人ものオメガが命を落としたが、警察が真相に辿り着く前に栗山組はレッド・ヒートとともに雲隠れしてしまった。

——俺の愛する人も捜査の過程で栗山組に殺されたのに、解決できなかった。

事件の迷宮入り後、警察を辞職した恭は、今も独自で事件を追い続けているのだ。

「最近になって特徴《とくちょう》の似た薬が出回っているという噂を聞いたんだ。それで俺は情報を集め、Ｚｅｕｓの闇カジノで坊主頭の男に決まった手順で話しかければ、その薬が手に入るってことまで突き止めた」

「で、その店に向かう途中でヒートになったところに俺が来た、と？」

「いや……違う。俺は根性で自分のフェロモン量を調節できるんだ。あそこにいたのは、あの店の近辺を歩いているアルファを適当に誑《たら》しこんで更なる情報を得ようと思ったからで、アルファだけが引っかかるように自らフェロモンを出して誘導していて——」

「は⁉　そこから罠《わな》だったの⁉　ってことは、もしかしてエッチの記憶がないのも……」

「さっき言った通りフェロモンを調整して——具体的には密着した状態で爆発的にフェロモンを浴びせて、君には気絶してもらった。だから、その……記憶というか、そういった行為をした事実もない、かな……」

おずおずと種明かしをする恭を、昂希は絶望の顔で見つめている。

「さ、最初はＺｅｕｓに入って様子を見るだけのつもりだったんだ。でも売人と特徴が一致する男を見たら、つい止まれなくて……」

「止まれなくて……じゃねえよ、あんたは猪《いのしし》か。あぁ、もう、まじで一目惚れだったのに！　一人美人局《つつもたせ》ってことかよ、この魔性のサイコパス！」

半泣きで喚《わめ》く昂希に、恭はいっそう小さくなりながら救急箱を持ってくる。

「本当に申し訳ないことをした。責任は取る。まずは傷の手当てをさせてくれ」

乱闘の最中、彼は腕に掠り傷を負っていた。大きな怪我ではないが、衛生的にも処置はしておくべきだ。

懇願《こんがん》するように言うと、昂希はむすっとした表情のまま破けたライダースを脱いで腕を出してくれた。

中に着ているシャツにうっすらと血が滲《にじ》んでおり、恭の方が泣きそうになる。

「……ずっと追っていた事件だからといって、一般人を巻き込むなんて最低だ。どうかしていた。本当にすまない」

患部を消毒しながら、恭は涙目で俯《うつむ》いた。薬物とは無関係の昂希に怪我をさせてしまった自分が許せない。

「……っ、くそ、顔がいいな……！　いきなりしおらしくなるのはずるいだろ……！」

「ご、ごめん、痛かったか？」

後悔と反省で頭がいっぱいの恭は、急に呻いた昂希に謝った。

目をきゅっと閉じて何かに耐えている様子の彼がこれ以上痛い思いをしないよう、優しく患部にガーゼを当てた。

## 2

翌日、恭《きょう》は昂希《こうき》と向かい合って少し遅めの朝食を摂《と》っていた。

昨日「責任を取る」と言った通り、この住居の一部屋を提供することにしたのだ。

この家はもともと数年前に事故で他界した恭の両親が住んでいたので、使っていない部屋はいくつかある。

一階のカフェ「ミライエ」も両親が経営していたものだ。二人の死後は閉店状態のまま放置していたが、恭が警察を退職したあと再開店させた。

栗山組《くりやまぐみ》を追うかたわらで生計を立てるために始めた緩《ゆる》めの経営だが、近隣の常連客たちに支えられ、今のところ大きな赤字もない。

「――で、なんで俺があんたの店の手伝いしないといけないわけ。そりゃヒモにしろとまでは言わないけどさ、闇カジノ行けば生活費くらいすぐに稼《かせ》げるんだけど」

当面の生活は保障するから、一階のカフェをたまに手伝ってほしい――そう言った恭に、昂希は不満たらたらでスクランブルエッグをつついている。

「申し訳ないが、今回の一件を考えると、昂希はしばらく裏の世界で目立つ行動はしない方がいいと思う。どこから情報が洩《も》れて追手が来るかわからない」

少なくとも「生活費くらいすぐ稼げる」ような勝ち方をしたら、Ｚｅｕｓ《ゼウス》にいた輩《やから》に見つかりやすくなるのは言うまでもない。

恭の説明を聞いた昂希が、露骨《ろこつ》に嫌そうな顔をした。

「うげぇ。俺、こつこつ働くのとかめんどくさくて無理。労働反対」

「そうだよな……なにぶん一人で切り盛りしているものだから、たまに店番をしてくれたら助かると思ったんだけど、図々《ずうずう》しかったな。ごめん」

そもそも彼にこんな不自由な生活を強《し》いることになったのは自分のせいなのだ。反省してしゅんとする恭に、昂希は困ったような顔で「べ、別にやらないとは言ってねぇし」と言った。

「店番くらいならやってやるよ」

「そ、そうか……！　ありがとう」

予想外に譲歩《じょうほ》してくれた昂希に、恭がパァッと表情を明るくすると、彼はなぜかぐぅぅと呻いた。

「くそ、やっぱり顔が好き……っ」

「いきなり何の話だ？」

「……なんでもない。でもまあ、そうだな……店番したらご褒美《ほうび》ちょうだいよ」

唐突な要求に、恭は眉を下げる。

「悪いけど、うちの店もさほど余裕があるわけではないから、生活の保障はするけどあまり贅《ぜい》沢《たく》はさせてあげられない――」

「そうじゃなくて、俺が欲しいもの、わかるだろ？」

向かいの席から身を乗り出した昂希の鼻先が恭に触れそうになったとき、彼の手がテーブルの上の恭のスマホにぶつかった。

「あぁ、なるほど。昂希のスマホも買いに行かなきゃな。でもこれはご褒美じゃなくて、当然弁《べん》償《しょう》するつもりだったぞ。俺名義にすれば昂希の身分証もいらないし、すぐに用意できるはずだ」

「恭ちゃん、そうじゃない」

「わかってる。問題は連絡先のデータだよな。復活するかわからないけど……十《と》亀《がめ》さんならどうにかできるかな」

何かを諦《あきら》めた様子の昂希は、ジト目でこちらを見ながら「十亀さん？」と呟いた。

十亀は近所で発明家をしている老人で、呉《くれ》林《ばやし》家とは家族ぐるみの付き合いだ。凝《こ》り性《しょう》の父とハンドメイド好きの母とは馬が合ったらしく、恭が生まれる前から親しくしていたという。

昔から仙人のような見た目だが、おそろしく機械に強くて手先の器用な男である。

「俺がＺｅｕｓで使った超小型閃光弾も彼の発明品だし、この家の防犯装置も彼に作ってもらったんだ」

「防犯装置……？」

きょとんとした昂希に恭は頷いて、玄関から手の平サイズの白い箱型の機械を持ってくる。

「これは人感センサー式の防犯ブザーみたいなもので、この家の玄関や窓に設置されている。今は実演のためにアプリのテストボタンで手動操作するけど、通常は侵入者を感知すると自動で音声が流れるようになってる」

そう説明してから、恭はスマホアプリを起動して「テスト」のボタンをタップした。

瞬間、部屋中にバババババというヘリコプターの飛行音と大勢の足音、そして「武器を置いて手を上げろ！　お前は完全に包囲されている」という音声がものすごい臨場感で流れた。

「……いや、やりすぎだろ。古臭《ふるくさ》い映画のクライマックスじゃねえんだから」

一瞬身体を硬直させてから周りを見回した彼は、音源が目の前の小さな機械だと認識すると、呆《あき》れ顔で溜息を吐《つ》いた。

「この家に盗まれて困るものはあまりないから、空き巣対策というよりは、万が一の強盗対策に近いな。音声は十亀さんに依頼したらこうなってた」

「どんな依頼をしたんだよ」

「『とにかく侵入者の動きを止めてほしい』って依頼した。少しでも隙を作ってくれれば、俺が制圧できる。腕っぷしには自信があるんだ」

危険な目に遭《あ》わせてしまった事実は変えられないけれど、ここで暮らす以上は少しでも安心してほしい。そう伝えたくて、恭はにっこり笑って殴りダコのできた拳《こぶし》を見せる。

「俺は腹を拳銃で三発撃たれていても容疑者に関節技をかけ続けた男だ。まあ、ここが追手に見つかる可能性はかなり低いけど、仮に何かあっても、俺が昴希を守るからな」

「……どこから突っ込めばいいんだ。そもそも撃たれてんじゃねえよ、無鉄砲にも程があるだろ……」

あやうく北斗七星が刻まれそうだった腹部の銃創《じゅうそう》を見せると、昴希はがっくりと項垂《うなだ》れた。


本日はミライエの定休日だったので、朝食を終えるとすぐに恭は出かける支度《したく》を始めた。

ソファでだらだらと雑誌を読んでいた昴希がむくりと起き上がって、こちらに視線を移す。

「恭ちゃん、どこ行くの」

「Zeusがどうなったか確認しに行く」

奥歯に閃光弾のストックを装着しながら当然のことのように言うと、昴希はぎょっとした顔をする。

「はああ?　あれだけ騒ぎ起こしといて何言ってんの。まだ近寄ったら危ないだろ」

「組対《そたい》時代の同僚にも連絡しておいたから大丈夫だよ。変装もするし問題ない」

カジュアルなパーカーを着て黒髪のウィッグを被ると、華奢な体格も手伝って恭は少年にしか見えない。

昨夜クラブで大暴れをした人間と同一人物とは思われないだろう？　と微笑みかけると、彼はじっと恭を凝視《ぎょうし》したまま固まった。

「そういうわけだから昂希は家でゆっくりしててくれ」

さっさと出掛けようとした恭の手を、不意に昂希が摑んだ。反射的に投げ飛ばしそうになったが、昨日の今日でそれはまずいと思い踏み止《とど》まる。

「恭ちゃん、黒髪も似合うね。やっぱり性格はともかく、見た目はめちゃくちゃ好みだわ」

「なんなんだ急に……うわっ」

昂希にぐっと腕を引かれてよろけた恭は、彼の膝に正面から跨《また》るように座るかたちになった。

自他共に認める面食いなだけあって、彼はオメガ特有の愛玩系《あいがんけい》の整った顔立ちが相当好きらしい。現状、身近にいるオメガが恭だけなせいか、とんでもない事件に巻き込んでしまった上に中身は未《いま》だごりごりの組対刑事の恭にも熱視線を送っている。

「出かけるのは今度にして、今日は俺と楽しいことしようよ」

不誠実な誘い文句とともに甘く笑いかけてくる昂希を、恭は眉間《みけん》に皺《しわ》を刻んで見返す。

「騒ぎがあった翌日だからこそ、有意義な情報収集ができるかもしれないだろ」

「……情報収集って、また俺にやったみたいな誘い方すんの？」

あんな方法は滅多《めった》にやらない――と否定しようとしたが、急に怖い顔になった彼は恭の言葉も待たずに、パーカーから覗く鎖骨《さこつ》に吸いついてきた。

「何をするんだ！　……あ、ごめん」

結局うっかり昂希を投げ飛ばしてしまった恭は、綺麗な弧を描きながら床に落ちていく彼に謝り、そそくさと二階の玄関扉を開けた。

「じゃあ、俺はもう行くから」

「いってぇ……ったく、わかったよ。俺も行くよ」

よろよろと立ち上がった昂希は、恭の変装グッズの中から黒いキャップと丸眼鏡を取り出して身につけていく。

「はぁー、出かけるのめんどくさいなぁ。黒髪アラサー美少年とおうちでいちゃいちゃしたかったのに」

「いや、アラサー美少年って矛盾《むじゅん》してるし……じゃなくて、昂希は来なくていいんだってば」

「ほんと恭ちゃん、顔は可愛いのに中身が猪野郎なのが玉に瑕《きず》だよね」

「話を聞け」

好き放題言った彼は、先に外階段を下りて行く。恭は猫背気味の背中を追いかけながら、一人の方が楽なんだけど、と口をへの字に曲げた。

昂希は聞き込みに乗り気ではなかったものの、なんだかんだ恭に協力してくれた。

誰かと行動をともにするのは久々なこともあり、意外にも恭を懐かしい気持ちにさせた。思い返せば組対にいたときも、信頼できる仲間たちと地道な聞き込みから怒涛《どとう》のがさ入れまで、あらゆる捜査をしていたのだ。

――真砂《まさご》さん……。

かつて恭が最も憧《あこが》れ、そして最も愛した男の顔が瞼《まぶた》の裏に浮かぶ。どんなに緊張する現場も、彼が傍《そば》にいるだけで大丈夫だと思えた。危険な捜査も、平和な日常も、もっと一緒に過ごしたかった。今も彼が傍にいてくれたなら――。

「恭ちゃん？　どうかした？」

記憶の蓋《ふた》が開きかけたところで、昂希の声が恭を現実に引き戻した。

「ごめん、なんでもない。それよりそろそろあいつが出てくるはず――」

Ｚｅｕｓの真ん前まで行くと、真っ黒な扉から出てきた見知った男が、ずかずかとこちらへ歩いてくる。

「呉林、自力での潜入は危険だって言っただろう⁉　昔から猪突《ちょとつ》猛進なやつだったが、あの頃と違って今のお前は一般人で、銃もなければすぐに突入してくれる仲間もいないんだぞ！」

開口一番、目尻を吊《つ》り上《あ》げて恭を叱《しか》りつけたのは、元同僚で現役の組対刑事の大熊《おおくま》だ。二メートル近い強面《こわもて》マッチョのアルファで、相変わらずグリズリーに似ている。

「ちょっと、あんた誰だよ。距離近くない？」

不機嫌そうに恭と大熊のあいだに割って入った昂希を宥《なだ》め、二人に互いを紹介してから、恭は口を尖《とが》らせて大熊を見上げた。

「でもちゃんと事前に連絡はしたぞ」

「店のエントランスで『今からＺｅｕｓに入って闇カジノを探る』ってのは、もうほとんど事後報告なんだよ。こっちはこっちで昨夜は別件の捕り物があったから、急に言われても身動き取れないんだ」

説教モードで小言を垂れていた大熊はやがて溜息を吐《つ》いて、Ｚｅｕｓではあまり情報が得られなかったと教えてくれた。

名ばかりの雇われ店長は事態が飲み込めていなかったし、売人の男とその仲間たちはただの客なので、個人を特定できるような情報は残されていない。エントランスにあったバース性チェッカーもどこにでもある非接触型なので指紋《しもん》すら取れないだろう。

「俺の方もさっき話した昨夜の出来事以上の情報はない」

Ｚｅｕｓでの薬物入手手順は大熊と連携《れんけい》済みだが、もうこの店は警戒されて売買の現場にはならないだろうし、手順自体も変えられてしまうに違いない。

「俺は俺で捜査を続ける。大熊も何かわかったら連絡をくれ」

「お前な……俺の話、全然聞いてないだろ。ネットでの情報収集や危険のない場所での聞き込み程度にしろって何度言ったらわかるんだ。わざわざ怪しいクラブに潜入《せんにゅう》するな」

「心配しなくても、バイク移動のときはクラブに入っても酒は一滴も飲んでない。カムフラージュにグラスを持っているだけなら問題ないだろ」

「俺は、飲酒運転の、心配を、してるんじゃない……！」

こめかみをぴくぴくさせた大熊は、恭にアイアンクローをしながら昴希を見やる。

「あんたも巻き込んだみたいで悪いな。こいつは見た目こそ子猫だが、中身は猪《いのしし》だし根性はゴリラなんだ。これ以上、厄介事《やっかいごと》に引っ張り込まれないように気を付けてくれ」

大熊は声にめいっぱい同情を込めて溜息交じりに言って、最後に恭の頭をぐりぐりと撫《な》でた。

「俺だってお前と同じで真砂さんを慕《した》ってたんだ。気持ちはわかるし、捜査をするなとは言わない。でも元同僚として心配してる俺の気持ちも多少は汲《く》んでくれ。頼むからあんまり危険なことはするなよ」

強面の顔を少しだけ寂しそうに歪めた大熊は、直後かかってきた電話に応答しながら現場をあとにした。


「――で、昴希は一体何を拗《す》ねてるんだ」

街に出てすぐは一緒に聞き込みをしてくれていた昴希だったが、大熊に会ってから妙に口数が減り、途中でスマホを購入して帰宅した今も不貞腐《ふてくさ》れた顔でソファに寝そべっている。

「あんた、大熊ってやつとどういう関係？　退職してからもずっと連絡取り合ってんの？」

「へ？　彼は元同僚だってさっき紹介しただろ。俺が退職後も単独捜査を続けてると知って、たまに情報交換をしてるんだ。まあ彼からしたら、俺が無茶しないか監視しているというのもあるだろうけど」

「一般人になった恭ちゃんから得られる情報なんてたかが知れてるのに情報交換？　そのうえ監視？　あいつアルファだし、あんたに気があるんじゃねえの」

のっそり起き上がった昂希が、眇《すが》めた目でこちらを見た。そんなわけないだろ、と反論しようとしたら、腕を引かれて押し倒された。

「う、わ――」

左右の手首を押さえつけられ、動きを封じられる。恭が睨《にら》むように見上げた先で、彼は野良犬から狼《おおかみ》に変身していた。

「俺もアルファだからわかるよ。あんたのその緑がかった黒目がちの瞳に見つめられると、つい構いたくなる」

恭を拘束《こうそく》する手に力を込めた昂希が、今朝《けさ》も吸いついてきた鎖骨に再び口づけてくる。首筋の匂いを嗅《か》がれ、味見をするようにぺろりと舐められた。

「昨日巻き込まれたときはさすがに腹立ったけど、何度見ても顔は最高に好みだし、俺、結構あんたのこと気に入ってるんだよね。めんどくさいことはやめて、俺と楽しいお付き合いしようよ」

「ちょっと、昂希……っ、こら、待て――」

チョーカーのベルト越しに喉仏を齧《かじ》ろうとし始めた彼を窘《たしな》めるが、彼はまるで意に介していない。

「嫌だね。残念ながら俺はいい子に『待て』をしたり、『よし』が来るまで我慢ができる飼い犬じゃねえよ」

悪い顔で笑う彼に、恭は戸惑いの表情を浮かべる。

「あんな熊野郎より俺にしときなよ」

「い、意味がわからない……！　なんで大熊の話題でいきなり盛《さか》りだすんだ」

恭の顔の造形をかなり好んでいるらしい彼は、相当な欲求不満なのか、単に忍耐という概念《がいねん》がないのか。はあはあと大型犬のような吐息が首にかかって、いい加減くすぐったい。

この状況を一体どうやって穏便に解決しようかと悩んだものの、シャツの裾《すそ》から手を入れられた瞬間、恭はほとんど反射的にフェロモンを全開にして昂希を気絶させた。

「ぐぅっ、あんた、また……っ」

「あっ、すまない、つい」

至近距離でフェロモンを食らった彼はソファから転げ落ち、路面で干《ひ》からびたカエルのような体勢で、床に仰向《あおむ》けでひっくり返った。

昨日から何度も投げ飛ばしたり気絶させたりして申し訳ない気持ちになったが、今日のは全面的に彼の節操なしが原因の自業自得だと思うことにした。せいぜい、いい夢を見てくれ。

一時間後、目覚めた昂希は完全にご機嫌斜《なな》めだった。エプロンをつけた恭がせっせと二人分の夕食を用意しながら振り向くと、こちらにジトっとした視線を送る彼と目が合う。

目を逸《そ》らすのもおかしいのでじっと見つめ返したら、彼は悔しそうに「くそ、見た目だけは甲斐甲斐《かいがい》しくて健気《けなげ》な新妻なんだよな……」と呟いて頬をじわじわと赤く染めた。本当に面食いなんだな、と恭は呆れつつ感心してしまった。

二人で食卓について、恭が作った豪快な焼き肉丼を向かい合って無言で咀嚼《そしゃく》する。

椅子の上であぐらをかいているわりに、彼の食べ方は意外と綺麗だ。作り手として好感が持てるな、などと考えながらぼんやり彼の箸使《はしづか》いを眺めているうちに、彼は食事を終えていた。慌てて恭もご飯をかき込み、食器を片付ける。

洗い物をしようと腕まくりをしたところで、不意に昂希が「っていうかさぁ」と口を開いた。

「なんで未だに昔の事件を追ってんだ？　大熊ってやつも言ってたけど、あんた退職して今は一般人なんだろ。なのにわざわざ危険を冒《おか》して潜入したりして……やっぱりあいつに心配してほしくてやってるんじゃないの」

昂希の口調からは、言いようのない不満が滲《にじ》み出《で》ている。

最後の部分は的外れだが、そもそも恭が事件を追っていなければ彼もこんなことに巻き込まれなかったのだから、非難したくなるのは当然だろう。

正直、どこまで話すべきか迷った。でも彼を巻き込んでしまった手前、誤魔化すのは不誠実な気がする。

――それに事件の危険度を理解すれば、迂闊《うかつ》に立ち入ってこなくなるかもしれない。だったら、その方が彼の安全のためになる。

そう思い至った恭はスポンジを置いて深呼吸し、リビングの昂希のもとへ戻った。

今日は聞き込みに同行されてつい懐かしさを覚えてしまったりもしたが、冷静に考えたら素人《しろうと》の彼を連れ歩くべきではないのは明白だ。それなら今が、距離を取ってもらういい機会だと思った。

「これを見てくれ」

鍵《かぎ》付《つ》きのキャビネットから、恭は分厚いファイルを何冊か取り出した。その中には書類や写真など、刑事を辞めてから独自でまとめた栗山組の情報がびっしりと入っている。

「何これ、捜査資料みたいな――この人、誰？」

ぱらぱらとファイルを捲《めく》っていた昂希は、一冊目の最後のページに貼り付けられた、誠実な笑みを浮かべた黒髪短髪の男の写真を指す。

「彼は当時、組対のエース的存在だった人だよ」

恭より三つ年上の先輩――真砂彬《あきら》はベータとは思えない相当なやり手だった。有名人の薬物乱用から組織ぐるみの取引まで、彼のおかげで摘発《てきはつ》できた事件は数えきれない。

「生まれつき優れた能力を持つアルファばかりが昇進していく警察組織の中で、ベータでありながら八面六臂《はちめんろっぴ》の活躍をする真砂さんは、俺にとって憧れであり目標だった」

――そして、大切な恋人でもあった。たとえベータとオメガという結ばれないバース性でも、たしかに愛し合っていた、かけがえのない相手だった。

そう言いかけて、恭は口を噤《つぐ》んだ。自分の恋情は事件に関係ないし、恋人としての彼への気持ちを言葉にしたら最後、すべてを投げ出して弱音を吐いてしまいかねない。

軽く頭を振った恭は、気を取り直して元刑事としての顔に戻る。

「……刑事になるのは小さい頃からの夢だったけど、オメガの俺は警察に入ること自体苦労したし、地道な努力が実って刑事になってからも侮《あなど》られることが多かった」

期待されるのはアルファだけで、ベータは歩兵、オメガはお荷物。近年、表立った差別はなくなってきたものの、そういった風潮はいまだに社会のそこかしこにある。

「でも真砂さんが、アルファでなくても成果を上げられることを証明してくれたから、俺も頑張れた。連日連夜、靴底《くつぞこ》をすり減らして捜査を続け、空いた時間は死に物狂いで身体を鍛《きた》えて――」

「フェロモンのコントロールなんて無茶苦茶な技までド根性で身につけた、と」

「う……オメガはそのくらいしないと、アルファと同じ土俵にすら立たせてもらえないんだよ」

若干恨《うら》みがましさの残る半目で見られ、恭はばつが悪くなり口を尖らせる。

実際、アルファの二倍の努力をしたくらいでは「オメガなのに頑張ってるね」で終わりだ。アルファの二倍の結果を出し続けて、ようやく期待してもらえるようになる。

ベータの扱《あつか》いはオメガよりは幾分《いくぶん》ましだが、突き詰めればそう変わらない。上を目指せば目指すほど、アルファとアルファ以外で、評価基準が分けられている。

「そしてアルファの何倍も活躍していた組対のエース真砂さんをもってしても、当時はレッド・ヒートの出どころをまるで掴めていなかった。そんなときアルファの高校生が一人、違法薬物所持で逮捕《たいほ》されたんだ。彼はすぐに釈放《しゃくほう》となったけど、俺はその子が気になって身辺調査を続けた」

その男子高校生は、塾の帰りに知らない大人に絡まれて怖くて断れずに薬を貰《もら》ってしまったと供述した。

上流家庭に生まれ有名進学校に通う品行方正な少年へのマークは不自然なくらいすぐに外れ、捜査は彼の証言した怪しい売人を探す方向に移った。

しかし恭は違和感を拭《ぬぐ》えず、一人で少年の身辺を洗い続けた。真砂や大熊に「その線は無駄だ」と指摘されながらも粘った結果、ついに恭は少年の周辺にいる人物と栗山組の関与を確信するに至った。

「俺の単独捜査の甲斐あって、優秀なアルファを集めた学生グループが、塾の講師を通じて栗山組に関わっていることがわかったんだ。そこを叩けば、絶対に解決への糸口になるはずだった。でも情報を摑んで意気揚々《ようよう》と署に戻った俺を待っていたのは、真砂さんの訃報《ふほう》だった。その後の流れは資料に書いてある通りだ」

真砂は刺殺体で発見されたが、その事件は被疑者死亡で呆気《あっけ》なく幕を閉じた。残されていた凶器に付着した指紋《しもん》から割り出された栗山組の構成員は、真砂が死亡したのと同じ日の夜、泥酔《でいすい》状態で事故死していた。

「真砂さんの死については、酔っぱらった構成員に偶然絡まれたという見方もあったが、俺は彼が栗山組の真相を摑んだから殺されたんだと思っている」

真砂の事件後、恭のマークしていた塾講師は退職して行方《ゆくえ》をくらまし、アルファの学生グループも進学や留学で散り散りになった。

それでも恭はとり憑《つ》かれたように捜査を続けていたが、結局栗山組はレッド・ヒートごと姿を消して迷宮入りとなった。

レッド・ヒートの被害者は低所得層のオメガのみで、人口の大多数を占めるベータや権力者の多いアルファには直接的な被害がなかったことや、殉職《じゅんしょく》した真砂がエースとはいえ一般家庭出身のベータだったことも、あっさりと捜査が終了になった要因と思われた。

組織に属する以上、権力への忖度《そんたく》があるのは必然とはいえ、自らの中に燃える正義との狭間《はざま》で恭はどうしようもない気持ちになった。

そんな恭の心境とは関係なく新しい事件は日々起こり、当然のように別の捜査に駆り出される。

恭は休日に無断で栗山組を追っては上から怒られていたが、それを繰り返すうちに謹慎《きんしん》処分となり、最終的に依願《いがん》退職をすることとなった。

「だから俺が今も栗山組に執着しているのは、当時力及ばず救えなかった被害者たちへの贖罪《しょくざい》はもちろん、真砂さんの敵討《かたきう》ちのためでもあるんだ」

最後に署で顔を合わせたとき、真砂は何か言いたげな表情でこちらを見ていた。あの夜、自分が真砂の傍を離れなければ彼は死なずに済んだかもしれない。今も恭の隣で凛々《りり》しい目元をふわっと緩ませた優しい笑みを向けてくれていたかもしれない。

――今さら「たら」「れば」を考えても仕方ないじゃないか。

胸を抉《えぐ》る痛みを堪《こら》えるように、恭はぐっと拳を握って目を閉じた。絶望の黒と怒りの赤が混じった、濁《にご》った絵の具のような色が瞼の裏に浮かぶ。

はあ、と大きな溜息が頭上から聞こえた。過去の激情に埋没《まいぼっ》しかけた恭は我に返り、ゆっくりと顔を上げる。

「それで自分を囮《おとり》に情報収集したり、気が逸《はや》って俺を巻き込んだりしたわけ？　必死過ぎだろ。可愛い顔して、ほんと見た目詐欺《さぎ》だな。なんでそんなに頑張っちゃってんのか俺にはさっぱり理解できないね」

呆れた顔で毒づきながら、昂希はファイルを捲る手を止めない。

警察組織を離れたあと一人で集めた情報をまとめながら、悔しさに耐え切れずぐしゃぐしゃにした皺だらけの書類や涙の痕《あと》が残るメモ帳。治安の悪い場所を探り歩き、負傷しつつも持ち帰った、手掛かりにすらならないものたち。一つ一つ、彼は目を通していく。

「巻き込んだことは本当にすまなかった。見ての通り危険な案件だから、もう今日みたいな同行はしないで――」

「ほんっと……なんなんだよ。あんた、どんだけ一人で無理してきたんだ。アンバランスで危なっかしくて、放っとけないっつうの」

彼は恭の言葉を遮《さえぎ》り、困ったように眉を下げて頬に触れてきた。口調とは裏腹の優しい指先に、恭は無意識に噛みしめていた唇を緩める。

「恭ちゃん、俺に口説《くど》かれちゃいなよ。絶対その方が楽しいし、幸せになれるよ」

相変わらずの甘言《かんげん》を、昼間よりもほんの少し苦みを帯びた彼の声が囁く。

「――俺は、楽しさも幸せも求めてないし、昂希と恋愛する気もない」

震えそうになった喉を叱咤《しった》して、恭ははっきりと返す。恋愛は、真砂との思い出があればいい。楽しい恋も明るい未来も求めていない。今、恭が求めているものは、事件の解決と真砂の敵討ちだけだ。

そう言外に含めた視線を送ると、彼は肩を竦めた。

「あんた、ほんとめんどくさい人だね」

同情や憐憫《れんびん》にしては心地よい声色が恭の鼓膜《こまく》を揺らす。

「おやすみ」

一言告げた昂希は恭の額にそっと口づけを落とし、静かにリビングを出て行った。

「……っ」

数秒後、額に手を当てた恭は静かに動揺していた。あまりに自然にキスするものだから、防ぐのを忘れた。反射神経が鈍《にぶ》っているのだろうか、と反省しながら瞳を閉じる。

——もっと怒って詰《なじ》ってくれればいいのに。関わっていられない、と距離を取ればいいのに。

無性に胸が苦しくなった。全力疾走《しっそう》をしていて、急に脚を止めたときみたいだ。休むとかえって息が上がることを知っているから、恭はいつも立ち止まれない。

「あんな優しい顔、しないでくれよ……」

目を開ける直前、瞼の裏の濁った激情の色が、わずかに薄くなったような気がした。

3

翌朝、昂希《こうき》はなかなか部屋から出てこなかった。昨夜は重たい事件の話をしたし、昂希がどの程度本気だったのかは不明だが、彼の誘いをはっきり拒否するようなことを言ってしまった。さすがに顔を合わせづらいのかもしれない。

そう思いつつ念のため声をかけに彼の部屋に行くと、彼は「まだ寝る……」と布団でもぞもぞしていた。

「普通に寝坊か！　心配して損した！」

「うぅ、あと三十分……」

しんみりした昨夜の名残《なごり》は完全に消え失せ、恭《きょう》は昂希を叩き起こす。

「ふわぁ、昨日いろいろ考えてたら寝付けなくて……まあいいや、顔洗ってくる」

まだ半分寝惚《ねぼ》けてぼそぼそ言いながら目を擦《こす》る彼は、すっかりいつも通りの恭を見て、なぜかほっとしたように笑った。

ミライエの営業時間になるとすぐ、仙人のような老人――十亀《とがめ》が店を訪れた。超夜型人間の彼は、就寝前にミライエのモーニングを食べに来るのが習慣だ。

いつも通りカウンター席によっこらせと腰かけた十亀を昂希に紹介すると、皿洗いをしていた昂希は挨拶もそこそこに「あの防犯装置はやりすぎだろ」と突っ込んだ。

「なんだよ、あの無駄な臨場感。ヘリや足音の振動まで感じたんだけど」

「4Dの映画を観たらインスピレーションが湧いちゃってね。会心の出来だと思うんだけどなぁ」

「クオリティはすごいけど、限度ってもんがあるだろ」

「そっか……気に入らないなら、新しいのあげるから好きな音声を吹き込んで付け替えてもいいよ。ここの赤いボタンを押せば、その場ですぐに声でも音でも録音できるから……」

枯れ木のようにしょんぼりしながら巾着袋《きんちゃくぶくろ》から新品を一台取り出す十亀に、昂希がたじろぐ。

「いや、別に気に入らないってほどじゃないけど」

老人を落胆《らくたん》させてしまってばつが悪い、という顔でそれを受け取る彼は、きっと十亀の力作を付け替えたりはしないだろう。恭は食器を片づけながら笑いを堪える。

少し目を離した隙に、反抗期の孫と優しい祖父のような二人は意気投合したらしい。

新品の防犯装置を眺めていた昂希が、おもむろに十亀の肩を摑むのが視界の端に映《うつ》る。

「じいさんは頼めば何でも作ってくれるのか？」

「人を傷つけるもの以外なら。それと、あげる相手も選ぶよ。悪用されたくないからね」

「犯罪には使わないから、オメガのフェロモンをガードする装置を作ってくれ！」

恭のフェロモンをもろに食らってすでに二度も気絶している昂希は、十亀に結構な切実さでお願いしている。

十亀は一瞬こちらを窺《うかが》ったが、恭は肩を竦めて「どうぞ」と視線を返す。昂希は忘れているようだが、フェロモンを封じられても自分には警察仕込みの体術がある。

承諾《しょうだく》の首肯《しゅこう》をした十亀は、昨日昂希が変装で被った黒いキャップを手に取り、黙って巾着袋に入れた。あれを改造するつもりらしい。

「あ、そうだ。十亀さん、スマホのデータって生き返らせたりできない？」

恭はふと思い出して、新しく購入した昂希のスマホを十亀に手渡す。新調した彼のスマホは、どう頑張っても引き継げるデータが皆無で、悲しいくらいまっさらな状態なのだ。

「そうだねぇ、やってみるけど、アカウントごと削除しちゃったものは無理だろうなぁ」

のんびりと答えた十亀は、巾着袋から謎《なぞ》の機械を取り出し、昂希のスマホとそれを交互に弄《いじ》っている。

「じいさんの巾着袋、どうなってんだ」

「昂希、そこは気にしたら負けだ」

十亀の発明品はよくわからない仕組みでよくわからない効果を発揮《はっき》するし、持ち歩いている巾着袋に至っては四次元ポケット説まであるが、追及するのは諦めている。

「電話帳はダメだねぇ、ＳＮＳも戻せないな、こりゃ。あ、でも古いメールアドレスが二つだけ復活したよ」

十亀の声に「まじ？」「よかったじゃないか！」と顔を寄せ合って画面を見ると、paipan-tengoku@～と、tsurutsuruno-ongaeshi@～というアドレスが表示されている。

「パイパン天国……ツルツルの恩返し……」

残念ながら、復活したアドレスはどう見ても風俗関係のアドレスだった。ドン引き必至のフェティシズム情報を公開された昂希は真っ赤になって十亀の胸倉を摑んでいる。

「なんでよりによってこんなの復活させるんだよ、くそじじい！」

「昂希、俺は今、本気で引いているぞ……」

「き、恭ちゃん、その汚物《おぶつ》を見るような目は地味に傷付くからやめて……パイパンとか興味ねえし、もう何年も前にほんの出来心で登録したやつだし」

「来ないでください、汚らわしいので」

「敬語もやめて……」

過去の不貞がバレた夫のような言い訳をし始めた昂希は、恭がサッと距離を取ると余計に情けない顔になった。

モーニングのトーストセットを食べ終えてうとうとし始めた十亀を見送ったあと、何組か常連客の出入りがあり、午後になると大熊《おおくま》が来店した。

「よう、コーヒー濃い目で頼む」

彼はたまにこうして恭の様子を見に来てくれる。カウンター席の右端は、大熊の指定席だ。

普段は他愛《たわい》ない会話をしながら濃いアイスコーヒーを二杯飲んで静かに帰っていく彼だが、今日はやたらと犬歯《けんし》を剝き出しにしてグルルル……と睨んでくる昂希に苦笑を浮かべていた。

「随分《ずいぶん》嫌われたたな」

帰り際、大熊はおかしそうに口の端を上げて、威嚇《いかく》するような視線を向ける昂希と擦《す》れ違《ちが》った。

瞬間、昂希がくんくんと鼻をひくつかせた。

「オメガの匂いがする」

「ん？　ああ、俺にはオメガの妻と子どもがいるからな」

当然のように言った大熊の後ろで、恭もうんうんと頷く。彼が刑事という多忙な仕事に就きながらも家族サービスに精を出す愛妻家かつ子煩悩《こぼんのう》だというのは、昔から仲間内では有名な話だ。

それを聞いてきょとんとした昂希は、居《い》た堪《たま》れない顔で「なんだよ、早く言えよ」と呟いた。

しかし大熊が肩を竦めるのを見て、彼はにやりと悪い笑みを浮かべた。

「でも妻帯者ってのは真実だけど、その匂いは別のオメガだろ。不倫か？」

「なぜそう思う」

大熊は表情を変えずに昂希を見下ろす。この愛妻家に限ってそんなわけないだろうと思ったが、すぐに否定しないということは、まさか図星なのか。

「俺、ギャンブラーだって言っただろ。実は相手の表情で嘘を吐《つ》いてるかどうかが、なんとなくわかるんだよ。それでギャンブルでそこそこ稼げてたし、引き際も見極められたってわけ」

通常、アルファは身体能力や知力が常人よりも優れているが、昂希の場合はアルファの能力が勘に全振りされたらしい。九割近い確率で、嘘か真実かを見極められるという。

もちろん心を読めるわけではないので嘘をついている理由などはわからないようだが、真偽がわかるだけでも結構すごい。

結局、大熊は不倫については否定も肯定もせずに帰っていった。あんなに一途な男だったのに、人は変わってしまうものなのだろうか。

複雑な気持ちで大きな背中を見送りながら、恭は気になっていたことを昂希に尋ねる。

「そんな嘘発見器みたいな能力があるのに、どうして最初、路地裏で俺に引っかかったんだ？」

「……俺は相手の顔を見ないと嘘かどうか判定できないんだ」

深刻な表情で言った彼は、心底悔しそうに声を絞《しぼ》り出《だ》す。

「顔が好みすぎて、あんたの嘘だけは見破れないんだよ……！」

「なんて残念なやつなんだ……」

隣で頭を抱《かか》えて唸《うな》る男が少し可哀想《かわいそう》になった。


夜になり、店を閉めた恭は、いつも通りネオンの街へと飛び出した。

きな臭《くさ》い噂のあるクラブに入り、恭は人波を泳ぐ。この店はオメガも自由に出入りできるので、店内のあちこちで一夜限りの恋の駆け引きが行われている。

薄暗いバーカウンターに寄りかかった恭もまるでその一員のように、ダンスフロアから響く重低音に揺られながら、潤《うる》んだ瞳で男を見上げる。

「最近普通のセックスじゃ物足りなくて……もっと気持ちよくなれるものないかなって探してるんです。お兄さん、僕に教えてくれませんか？」

Ｚｅｕｓでの騒ぎがあったばかりなので変装は欠かさない。黒髪のウィッグを被って、あどけなさの残る表情を作り、もうすぐ三十路《みそじ》の元組対刑事という実態とは真逆のスれた少年になりきる。

「俺、いいモノ知ってるよ。サプリメントみたいなものなんだけど」

「……もしかして赤いやつとか？」

「赤？　うーん、まあ、そんな感じ。俺と一緒に来てくれればタダで使わせてあげるよ」

男に手を引かれるのと同時に、恭のスマホが鳴動した。メッセージには一言「うそ」だ。

多少の情報は引き出せたが、レッド・ヒートについてはまた空振《からぶ》りか。溜息を吐いた恭は男の首に軽く手刀を当てて気絶させ、店をあとにした。

「あんたほんと人を気絶させるの得意だね。手刀も結構効くんだよな……」

恭を追うように店を出た昂希が、くすんだ夜道を歩きながら後ろから話しかけてくる。

しみじみと言う彼は、恭の手刀も経験済みだ。本日の閉店時、彼にレジの精算を任せたら売り上げを持ってパチンコに行こうとしたので、うっかり気絶させてしまったのだ。

「フェロモンで気絶させられるのは密着するくらい至近距離にいる相手だけだからな。あの距離じゃ眩暈《めまい》を数秒間起こさせる程度で終わってしまうし、手刀の方が早い」

「たしかに俺も一瞬だった。金をポケットに入れようとした瞬間から記憶がない」

「……連日何かと意識を奪ってしまって申し訳ないとは思ってるけど、今日のは昂希が悪いぞ」

彼をジト目で睨むと「俺、パチンコは苦手だし、ちょっとした冗談だったのに」と肩を竦められた。真偽《しんぎ》のほどは定かではない。

それよりさ、と彼はコートのポケットに手を突っ込んだまま、恭の前に回り込んでくる。

「俺、結構役に立っただろ？　頼りになるわダーリン♡　ってキスしてくれてもいいよ」

褒《ほ》められ待ちの犬のような瞳で唇をむちゅっと突き出され、恭は返事に窮《きゅう》した。

同行させる気も、役に立ってもらう気も、恭にはなかった。自宅の前でバイクに跨《また》がった瞬間、子泣き爺《じじい》のごとく背中に張り付かれ、バイクを降りてクラブに向かう途中でも何度も追い返したのに、彼は半《なか》ば無理矢理についてきてしまったのだ。

たしかに今までは恭一人だったのでデマ情報に振り回されることもあり、時間も手間もかかっていた。それに比べて今日は昂希がクラブの隅で恭たちの様子を見張り、ターゲットが嘘を吐いた瞬間に知らせてくれたので、無駄な工程を省くことができた。それは認める。

しかし手放しに喜べるはずがない。捜査がスムーズに進むのはありがたくはあるけれど、それでも困るのだ。

部外者の彼をこれ以上巻き込みたくないからこそ、危険度を知ってもらうために事件のことを話したのに、捜査に役立たれてしまっては元も子もない。

「……事件のあらましは説明しただろ。どうしてついて来たんだ」

「部屋でイイコトしようって言った俺に張り手食らわせたの恭ちゃんだろ」

「俺は店が終わったら捜査するのが日課なんだ。でも昂希は俺について来ても意味がないじゃないか」

「そりゃ恭ちゃんが危なっかしいからだろ。ったく、大人しく俺のもんになってくれりゃいいのに、ほんとめんどくさいな」

頬を膨《ふく》らませた彼は、怠《だる》そうに首の後ろを掻《か》いている。

──俺について来る方が面倒だろうに。

釈然《しゃくぜん》としない気持ちのまま長身の彼を見上げた恭は、そういえば、と思い返す。

彼は大熊に謎の敵対心を抱いている様子だった。もしかするとアルファの本能で張り合おうとしているのかもしれない。

「はっきり言う。このヤマは危険なんだ。素人《しろうと》が手を出していい事件ではない。同じアルファとして大熊のことが気になるんだろうけど、彼とはスポーツとか、もっと他のことで競い合ってくれ」

クラブの裏手に停めていたバイクの前で、キッと昂希を見据《みす》える。ヘルメットを受け取った彼は、呆れたように片眉を上げる。

「はあ？　別に俺、あの熊野郎のことはどうでもいいし、あのガタイとスポーツ対決とかほとんど死刑宣告じゃねえか。俺の不摂生《ふせっせい》を舐《な》めんなよ。大体、その危険なヤマに一人で首突っ込んでるあんたにとやかく言われたくないね」

「俺一人なら問題ない。捕まっても逃げられるし、襲われても戦える。痛みにも強いから大抵のことには耐えられる」

だから大丈夫、心配ない。そう続けようとした恭の両頬は、昂希につままれた。「いひゃい」と抗議するも、そのまま横に伸ばされる。

「捕まったり襲われたりする前提で考えてんじゃねーよ、危険なのはこのヤマじゃなくてあんたの脳みそだ」

眉間に皺を寄せた彼はギギギと指に力を込めてくる。

何をそんなに怒っているんだ、横暴だ――という旨《むね》を、頬を伸ばされたまま情けない発音で抗議する。

「そんなんだから、放っておけねえんだよ」

少しだけ苦しそうに吐き捨てた昂希が、恭の瞳を覗き込んできた。頬をつままれたまま、彼の顔が近付いて来る。

キスされる――と思った瞬間、かつてはにかみながら自分に口付けてくれた真砂《まさご》の顔が頭を過った。もう二度と触れることのできない唇を思い出し、切なさで胸が潰れそうになる。

「……んな顔されるくらいなら、気絶させられた方がましなんだけど」

ハッと現実に戻ってくると、目の前には苦い表情を浮かべた昂希がいた。

「──っ」

口を開けば弱い自分が出てきそうで、恭は唇を噛み締める。気持ちを切り替えなくては、と焦《あせ》るほど、喉の奥が震えてしまう。

少しの沈黙のあと、不意に頬をつまんでいた手が離れ、直後ぱちんと両頬を叩かれた。

「うわっ」

痛くはないものの、急に叩かれてきょとんとしていると、昂希は溜息を吐いてそっぽを向いた。

「そりゃ、ちょくちょく押し倒したりしてるから説得力ないかもしれないけど、俺は本気で絶望的な表情してる相手に無理矢理キスするほどクズじゃねえよ」

アスファルトを見つめた昂希の声は拗ねているようで、どこか寂しそうに響いた。

「昂希──」

「あーもう、いいから帰ろうよ。明日も店開けるんだろ。これ以上遅くなったら俺、絶対に寝坊する」

「う、うん、そうだな」

さっさとヘルメットを被った彼は、バイクの後部座席にどっかと座る。

「ったく……もう少し自分を大事にしろって言いたかっただけなのに」

自分のヘルメットを取り出していた恭は、後ろで彼がぼそっと呟いた言葉に思わず動きを止めた。

「え――」

彼があんなに眉間に皺を寄せて怒っていた理由は、自分の危険を顧《かえり》みない恭を心配してのことだったらしい。その意味を理解した瞬間、張りつめていた気持ちが緩み、胸の痛みも引いていった。それどころか、彼の意外な優しさに顔が綻《ほころ》んでしまう。

「何笑ってんだよ。もう一回抓《つね》るよ」

胡乱《うろん》げに睨まれて、恭は慌ててフルフェイスのヘルメットを被る。

「笑ってない。帰ろう」

バイクに跨ると、後ろに乗った昂希が腰に腕を回して摑まってくる。背中に感じる温《ぬく》もりに、どこか安堵している自分がいる。

早く帰って今夜得た情報をまとめなくてはと思いつつ、恭のバイクはいつもより少しだけゆっくりと夜道を駆けた。

翌日以降も昂希は恭の捜査に同行し続けた。

毎回「めんどくせぇ」とぼやきながら、「今日は雨だし部屋でしっぽりしようよ」とごねながら、彼は必ずついて来る。隙を突いて静かに家を出ても、途中で撒《ま》いても、しぶとく追跡してくる。

この男はすぐに不平不満を言ったり、軽薄な口説き文句を口にするわりに、本当に恭を傷付けるようなことはしないし言わない。悪ぶった言動も多いけれど、実は心が温かくて、一緒にいるとどこか安心する。

彼と生活を共にし始めて、恭はそんな一面を知ってしまった。

「あんたみたいな危なっかしい生き物、放っておく方が心臓に悪い」

苦々しげにそう言いつつ、恭の歩幅《ほはば》に合わせて隣を歩く彼の安全を考えたら、本当は強引にでも突き放した方がいいはずなのに、恭にはもうそれができなかった。

恭はこの二年間、独《ひと》りで大丈夫だと自分に言い聞かせて、真砂の幻影に縋《すが》りながら必死で前を向いて捜査してきた。

でも、心の奥底では一緒にいてくれる誰かを求めていたのかもしれない。

# 4

その日は朝からうっかりミスの連発だった。

昂希《こうき》の寝坊はいつも通りだったが、朝に強いはずの恭《きょう》まで寝坊した。しかも店の冷蔵庫を開けたら牛乳を買い足すのを忘れていたことを思い出し、恭は慌てて近所のスーパーに駆け込む羽目になった。

息を切らして店に戻ると、店のレイアウトの一部のような自然さで十亀《とがめ》がカウンター席に座っていた。

幸いまだ他に客はおらず、十亀が頼むのは決まってモーニングのトーストセットなので、昂希一人でも対応できたようだ。恭は息を整えながら、胸を撫で下ろす。

「昂希くん、閃光弾《せんこうだん》あげようか」

「いらねえよ。そんな物騒なもん使うのは恭ちゃんくらいだろ」

すでにトーストを半分ほど食べた十亀に話しかけられた昂希が、半目になりつつ老人の隣の席に腰かけている。話したいオーラを出す十亀になんだかんだ乗ってやるあたり、孫のようで微笑ましい。

「俺は向かない労働と狂暴な恭ちゃんの世話で疲れてんの。もっと癒《いや》しが欲しいよ、癒しが」

「そうかそうか。じゃあお香をあげよう」

にこにこと好々爺《こうこうや》な笑みを浮かべた十亀は、ファンシーな瓶《びん》を巾着袋から取り出した。キャンディーのようなキラキラした丸い粒《つぶ》を、皺だらけの指で一つ摘《つ》まむ。

「液体に触れると一瞬で気化して、催眠効果のある気体に変わるんだ。よく眠れるよ」

「へぇ、ちょっと見せてよ」

昴希の出した手と十亀の指先がぶつかったらしく、小さな粒がコーヒーの中に落ちた。ぽちゃん、しゅわっ、という音が耳に届いた直後、彼らはパタッとカウンターに突っ伏した。

「おい、二人とも大丈夫か！　あと人の店で何してくれてんだ」

昴希の襟足《えりあし》の毛と十亀の白い髭《ひげ》を引っ張って叩き起こすと、二人して目を丸くしてきょとんとしている。

「十亀さん、客のいない時間だからよかったけど、頼むから気を付けてくれ……」

「ごめんね恭くん、手が滑《すべ》っちゃった。人体に安全な成分ばかり入れたんだけど、思ったより効くんだなぁ」

「いや、じいさん、逃げる間もなく〇・五秒でぐっすりってどういうことだよ。うっかり瓶ごと水に浸《ひた》した日にはちょっとしたテロじゃねえか」

昴希に胸倉を摑まれてゆっさゆっさと揺さぶられる十亀だが、その表情は孫と遊べて喜ぶお祖父《じい》さんのようだ。

この人、昔からこういうところがあるんだよな、と恭はひそかに項垂《うなだ》れる。

「一粒で一㎥に気体が広がるから、用法用量は守ってね」

「当たり前だわ。というか怖くて使えねえわ」

お茶目に笑う十亀に、昂希は目を眇《すが》めている。恭としてもできればすぐにでも返却《へんきゃく》したかったが、ちょうど客が来店したので、今はそちらへの対応を優先させることにした。

しばらくすると十亀は可愛らしい形状の危険物をしれっと置いて帰っていった。

「昂希、これどうする？」

「あー……ゴミに出すのも危ないよな。かといって突き返すと、あのじいさん露骨《ろこつ》に落ち込むし。ったく、めんどくさいもん置いていきやがって」

唇を尖らせて毒づく昂希に、恭は頬を緩める。この秒速睡眠薬を悪用しようとするどころか、老人を落胆《らくたん》させることすら気に掛けるあたり、悪ぶった口調のわりに善人が滲《にじ》み出《で》ている。

「何にやにやしてんの、恭ちゃん」

「な、なんでもない。間違って濡らして睡眠テロを起こさないよう、二階に持ってくよ」

昂希から訝《いぶか》しげに見られた恭は、ファンシーな瓶を持って階段を駆け上がり、それをリビングの棚の奥にしまい込んだ。

そんな慌ただしい一日のランチタイムもまた、慌ただしかった。来客数が多いわけでもないのに効率よく動けず、焦《あせ》ったらとうとう卵を割るのすら失敗した。

「あんたさ、つくづく見た目詐欺だよね」

「なんだよ藪《やぶ》から棒に」

「出会った日からほぼ毎日言ってますけどー」

呆れ気味の彼の視線の先には、恭が使ったまな板がある。

「いちいち動きが豪快すぎるんだよ。なんでオムライス作るだけでこんな山賊《さんぞく》が暴れたあとみたいになるわけ」

「今日はちょっと調子が出なくて……」

「ミスってんのは不調なせいかもしれないけど、あんたが山賊なのはいつもだから」

きっぱりと言いきられて不服ではあるが、薄々自覚していたことだけに言い返せず、恭はぐぬぬ……と唇を噛んだ。

料理の出来栄えは悪くないものの、恭は一挙手一投足《いっきょしゅいっとうそく》がやたらと猛々《たけだけ》しく、性格も案外大雑《おおざっ》把《ぱ》なせいか、よくキッチンの至るところに調味料を飛び散らせてしまう。

「その分掃除もこまめにしてるし、衛生的には問題ないぞ。なにより大事なのは味とハートだろ」

口を尖らせてランチメニューのチキンステーキに取り掛かろうとしたら、溜息を吐《つ》いた昂希にフライパンを取り上げられた。むっとして睨む恭を彼は軽くあしらい、涼しい顔で調理し始める。

調理器具を奪われてむくれていた恭だが、すぐに目を瞠《みは》ることとなった。彼の手つきは妙に慣れていて、意外なことに盛りつけも恭より上手《うま》い。

自称めんどくさがりで毒舌家の彼は、恭にダメ出しをするていで、調子の悪い恭をフォローしてくれるつもりらしい。

「あ、ありがとう——いや、というか何だこれ、すごいじゃないか！　こんな特技があったなんて。昂希が作ったランチプレート、すごく美味《おい》しそうだ」

恭の絶賛に頬を掻いた彼はふいっと視線を逸らす。

「そ、そんな褒めるようなもんじゃねえだろ。別に特技ってほどでもねえし。高校で適当にクラスのイキってるやつぶん殴って逃げて中退したあと、家族に勘当されて路頭に迷った時期に、ちょっと飲食店でバイトしたことがあるだけだし」

顔を赤らめた昂希は、照れ隠しにものすごい勢いで手を動かしながら、ハードボイルドな半生を語った。情報過多でポカンとする恭の目の前で、猛烈なスピードでいくつものランチセットが出来上がっていく。

オーダーされたメニューを完遂《かんすい》したところで、昂希はハッと我に返った。

「あーくそ、うっかり働いちゃったじゃん……。面倒だから皿洗いと店番以外はしたくなかったのに」

想像以上の手際のよさに感動しているうちに、不調の波も落ち着いてきた。素直に感心した恭がキラキラした表情で見上げると、彼は顔を顰《しか》めつつ「まあ、コツくらいは教えてやらないこともないけど」と呟き、客がはけた時間帯に指導してくれた。

「恭ちゃん、まずサイコ映画の人間解体シーンみたいな包丁捌《ほうちょうさば》きをやめよっか」

「う……こうか？」

「土俵に塩を撒《ま》く力士じゃないんだから、調味料はそっと振ればいいんだってば」

「こう……？　というか、昂希はここに来てから、ずっとそんなことを思いながら俺の調理を見てたのか……」

散々な指摘を受けてしょんぼりしつつ、昂希の方が調理の腕が上なのは事実なので、恭は粛々《しゅくしゅく》と指示に従う。実力主義の上下関係は重んじるタチだし、彼のこういう結構ずけずけと悪い点を注意してくれる性格は嫌いじゃない。

「ふぅ、こんなもんかな」

一生懸命になりすぎたせいか、少し暑くなってきた。腕で額の汗を拭《ぬぐ》っていると、昂希が後ろから恭を囲うようにして調理台に手をついた。後頭部に彼の鼻先が埋まり、すうっと吸われる。

「……何をしてる」

「今一人も客いないし、いいじゃん。なんかいい匂いさせながらエプロン姿で汗かいてる恭ちゃん見てたらムラムラしてきた」

調理の指導はきちんとしてくれたし、いきなり気絶させるのは悪いよな――と恭が考えている間にも、調子に乗った昂希はチョーカー越しにうなじを噛んでくる。

「俺、料理もできるし捜査にも協力できるし、いい彼氏になれると思わない？」

「ひゃっ、ちょっと、齧《かじ》るな」

待てのできない野良犬に襟足《えりあし》のあたりをもそもそと食《は》まれるのはくすぐったくて、恭は身を捩《よじ》った。

その拍子に、チョーカーが数センチずれた。大して気にも留めずに位置を直そうとした恭だが、昂希の「え」という動揺の声にハッとなり、うなじを手で隠す。

「なんでうなじに噛み痕《あと》あんの!?　つがいを失《な》くしたオメガはもっと衰弱《すいじゃく》するはずだろ」

オメガはアルファにうなじを噛まれるとつがいとなり、その相手にしか発情できなくなる。それゆえ、つがいを失ったオメガは自律神経に異常を来《きた》し、医療措置《そち》が必要になる。

別のアルファが新たにうなじを噛んでもつがいの上書きはできないので、オメガにとってうなじを捧《ささ》げる＝人生を捧げることだというのは、小学生でも知っている一般常識だ。

「……っ」

唇を動かしたけれど、声にならなかった。ほんの一瞬とはいえ、この噛み痕のことを忘れかけていた自分が信じられなかった。苦い罪悪感が胸に広がっていく。不調の波が戻って来て、頭痛までし始めた。

「恭ちゃん？」

異変に気付いた昂希が呼びかけてくるが、恭は無言で顔を歪めてこめかみを指で擦る。

隠すようなことではないし、何か答えなくてはと言葉を探していると、不意に店のドアベルが鳴った。

「い、いらっしゃいませ――」

常連の老夫婦が来店し、そのあとも何組か入れ替わる形で客が入ったため、はからずも話はうやむやになった。


閉店後は先程の件を問い詰められるだろうと覚悟していた恭だが、意外にも昂希は何も言って来なかった。

それはそれで落ち着かない気もしたが、かといって平常心で話す自信もない。結局恭は、開きかけた過去の蓋《ふた》を閉じておくことにした。

昂希の方も何事もなかったかのような雰囲気で、むしろ余った食材で夕飯まで振る舞ってくれたので、恭は拍子抜けしてしまった。

「昂希、これすごく美味しいよ。こっちの煮込みハンバーグも、なんて柔らかいんだ！」

「はいはい、もう、黙って食えよ」

気付けば恭は昂希お手製の料理にすっかり夢中になっており、頬を上気させて咀嚼《そしゃく》を繰り返していた。いちいち感動する恭に、向かいの席で頬杖をついた彼は照れくさそうにしながらも、優しげに目を細めてこちらを眺めている。

「食べ終わったら洗い物しとくから、風呂入って来なよ」

「え、そんな上げ膳《あ　ぜん》据《す》え膳《ぜん》……いいのか？　ありがとう」

空いた食器を片づけながら風呂の準備まで整えてくれた昂希に流されるように、ほわほわした気持ちのまま風呂場に向かう。

しかし服を脱ぎかけてハタと気付いた。自分はこれから街に情報収集に行くのだ。風呂に入っている場合ではない。

――何、のんきに風呂に浸《つ》かろうとしてるんだ俺は！

毎晩、店を閉めて夕飯を腹に入れたら街に情報収集に行く。それがこの二年間、恭の習慣だ。昨日摑めなかった情報が今日は出てくるかもしれないので、一日も休んだことはない。昂希が同行するようになってからも、その習慣は変わらなかったはずなのに。

慌てて自室に駆け込み、出かける支度を整えていたら、くらりと眩暈《めまい》がした。

今日は朝から凡《ぼん》ミスをしたり、昂希に流されてうっかり寛《くつろ》いでしまったり、自分らしくない。気合いを入れ直すように両頬をぱしっと叩いて、廊下をずんずん進む。

「昂希、俺に寛いでる暇《ひま》はない。今日はＺｅｕｓ《ゼウス》の裏手にあるクラブを探るんだ」

「げ」

バンッとリビングの扉を開けた恭を振り返った昂希は、なぜか苦い顔をした。じりじりと距離を詰める恭に彼は一瞬怯んでいたものの、キッとこちらを睨みつけて来る。

「嫌だね、今日は絶対行かせない……ヒートの日にまで捜査しようとしてんじゃねえよ！」

その一言で、恭はようやく自分の身体の異変に気付いた。

頭痛やのぼせ、集中力の低下はヒートの初期症状だ。額に手を当ててみると、たしかに発熱もしているような気がする。

「やっぱり気付いてなかったか。昼間もうなじからなんかいい匂いするし顔赤いし……自覚ないみたいだから、飯食わして温かくして何食わぬ顔で寝かしつけてやろうと思ったのに」

ちっと舌打ちする姿は一見ガラが悪いけれど、言っていることはまるでわんぱくな息子を持つ母親だ。俺は悪ガキか、と複雑な気分になる。

「……このくらい、平気だ。問題ない。本調子ではないのは認めるけど普通に動けるし、少し頑張ればフェロモンを出さないようにすることもできる」

根性でフェロモンを出せるくらいなので、逆に根性で抑えることも可能だ。刑事時代も抑制剤と根性で乗り切っていた。

「うわ、絶対そう言うと思った。赤い顔でふらふらして何言ってんだか。今年の全日本めんどくさいオブザイヤーはあんたで決まりだね、はいはい、おめでとう」

吐き捨てるように言った昂希は不意打ちで恭に飛び掛かり、床に押し倒してきた。普段なら避けられる攻撃だが、今日は身体が重くて反応できず抑え込まれてしまう。

昂希は武道とは無縁のタイプだが腐ってもアルファだ。弱ったオメガの両手を頭上でひとまとめにして押さえつけるくらいの筋力はある。

「あんたさ、最近俺に対して油断しすぎじゃない？」

喉元をぺろりと舐められ、ヒート中の身体が疼《うず》きそうになる。

だが、この程度で屈する恭ではない。至近距離になったのを逆手《さかて》にとって、フェロモンを全開にして昂希を気絶させようと試みる。

「もうその手は効かねえよ」

一向に力が緩まない昂希を訝しんで見上げると、見覚えのある黒いキャップを被っていた。

先日彼が十亀に依頼していたフェロモンガード装置が、ついに完成してしまったらしい。

布製のキャップの鍔《つば》のあたりについた透明薄手のフェイスシールドが顎下《あごした》までを覆《おお》うデザインは、特殊部隊のヘルメットに若干似ている。

「今朝あんたが牛乳買いに行ってるときに、十亀のじいさんが完成品をくれたんだよ」

犬歯《けんし》を見せてにたりと笑う彼の顔は完全に悪役のそれだ。

「休めって言っても聞かないなら、身体にわからせるしかないよな」

動きを封じられたまま顔を引きつらせる恭の、カーディガンのボタンがゆっくりと外される。

その拍子に内ポケットからメリケンサックが転がり出てきて数秒間の沈黙があったが、彼はめげない。

中に着ていたカットソー越しに胸元を撫でられ、探り当てた突起をきつくつままれた。痛いくらいの刺激なのに、ヒートで敏感になっているせいか、痛みは熱にすり替えられて下腹に溜まっていく。

恭の身体がびくびくと跳ね、下着の中で性器が形を変え始める。

「ん……っ、や、やめ……」

「涙目になってて可愛い。そういう顔、すげぇそそられる。ヒートの状態を自覚させようと思っただけなんだけど――やばいな、止められなくなりそう」

舌なめずりをした昂希だが、恭のカットソーをたくし上げた瞬間げんなりと項垂《うなだ》れた。

恭の腹周りには腹巻状の工具ベルトが装着されており、小型の警棒やサバイバルナイフが規則正しく収まっている。

「ええと、昂希が捜査に同行するようになってから、いざというときのために武器を揃《そろ》えてみたんだ。もちろん捜査のときしか持ち歩かないぞ」

「萎《な》えた……メリケンサックは耐えたけど、これはねえよ恭ちゃん……あんた、とんだフラグ破壊神だよ……」

すっかりやる気を失くしたらしい昂希は、恭の上から退《ど》いて恨みがましい視線を送ってきた。

心底がっかりしているのがひしひしと伝わってくる。丸まった広い背中が、哀愁《あいしゅう》すら醸《かも》し出《だ》している。

さすがに「なんかごめん」という気持ちになりつつ、恭は起き上がろうと腹筋に力を入れる。しかし一向に起き上がれない。次第に息が荒くなり、全身に倦怠感《けんたいかん》が広がっていく。

「え、ちょっと、大丈夫？」

異変に気付いた昂希が顔を覗き込んでくる。問題ないと返事をしようとしたが、口から漏れたのは情けない呻きだけだった。

どうやらヒート中にも拘《かか》わらず、昂希を気絶させようとして無闇にフェロモンを全開にしたのがよくなかったらしい。調節ができなくなって、ヒートの症状が重くなってしまった。

「抑制剤どこにある？」

「そこの棚……でも、こんなに症状出てからだとあんま効かないかも……」

「馬鹿、飲まないよりましだろ。ほら、これ飲んで安静にしてな」

抑制剤と水を持ってきてくれた昂希は恭がそれを飲んだのを確認すると、腹周りの工具ベルトを没収《ぼっしゅう》した。フェロモンの影響を受けないようにフェイスシールドをつけたままの彼は、

「ったく世話が焼けるな」とぼやきながら恭を横抱きで寝室に運ぶ。

——刑事時代も一人になってからも、わりとコントロールできてたのに。気が緩んでたのかな……、ひどい失態だ。

ベッドに押し込まれて布団を掛けられ、枕に顔を埋めて浅い呼吸を繰り返すしかない自分の身体に嫌気が差す。

ヒート期は精神的に不安定になることもあり、思わずすんと鼻を啜《すす》ると、ベッドサイドに座って様子を見ていた昂希が動揺した声を出した。

「そ、そんなにつらいの？　っていうか、よく考えたらあんた普通にフェロモン出てるけど、なんでヒートになってんだ？　うなじに噛み痕のあるオメガは、つがい以外に発情できなくなるはずだろ。なんか言いたくなさそうだったし、今日は調子悪いみたいだから問い詰めるのやめたけど、もしかして何かの病気とか？　……急変して死んだりしないよな？　救急車呼ぶ？」

落ち着きなく立ったり座ったりを繰り返す彼は、本気で心配してくれている。うなじについても、恭の気持ちや体調を慮《おもんぱか》って追及するのを控えていたのだと思うと、彼の気遣いに胸がきゅっとなった。

「……大丈夫、この噛み痕につがいの効力はない」

恭は力の入らない身体をなんとか起き上がらせて、掠《かす》れた声で言いきった。

過去の話はどうしたって恭の胸を抉る。今日、噛み痕のことを忘れかけていたことにも、心臓を釘《くぎ》で刺されたような痛みを感じた。この痕をつけられた日のことを思い出すのも、甘く切ない疼痛《とうつう》を伴《ともな》う。

でも今はただ、目の前の不誠実に見えて誠実で優しい男を安心させたいと思った。

「この噛み痕を付けたのは、真砂《まさご》さんなんだ」

「は……？　真砂って人はベータだろ？」

「そう、だからつがいにはなれなかったし、周りにも俺たちの関係は伏せていた」

オメガはアルファにうなじを噛まれると心身ともにつがいのものとなるが、アルファ以外に噛まれたところでただの傷跡にしかならない。

「お互いに意味なんてないとわかっていた。わかった上で、それでも愛し合っていたから、噛み痕だけ付けてもらったんだ」

なんの効力もないとわかりながら「これは俺が呉林《くればやし》を絶対守るって証だ」と生真面目《きまじめ》な顔で誓《ちか》ってくれた、かつての恋人が頭を過る。

昔から恭は負けず嫌いで、他人に守られたいと思ったことはないし、組対時代も真砂と張り合える優秀な刑事になろうと、彼の背中を必死に追いかけていた。

だから「守る」と言われてもピンと来ず、うまく反応できなかったけれど、そんな恭のことも真砂は愛《いと》おしげに見つめてくれた。それがくすぐったくも幸せだった。とても幸せな、泡沫《うたかた》の夢だった。

そしてその翌月に彼は帰らぬ人となり、幸せも空へと消えていった。

俯き気味の恭の頭上で、昂希の深い溜息が聞こえる。

「……忘れられない人がいるんだろうなってのは、薄々気付いてたよ。前にあんたが『楽しさも幸せも求めてない』って言ったとき、捜査一筋みたいな意志の強さと同時に、何か諦めてるような感じがしたし、キスしようとしたときも同じ顔してた。相手がベータだとは思わなかったけど」

「つがいにもなれないのに噛み痕だけ残すなんて、ままごとみたいだって思うか？」

顔を上げて気丈《きじょう》に言ったつもりだったが、右目からぽとりと涙が落ちた。滲《にじ》んだ視界の向こうで、怒ったような顔がこちらをまっすぐに見つめている。

「傍から見たらままごとみたいだし意味もねえけど、あんたにとっては大切なもんなんだろ？だったらそういう言い方すんなよ。誰が何と言おうと、勝手に大事にしとけばいいだろ」

昂希の口調は相変わらず気怠《けだる》げでぶっきらぼうなのに、なぜか胸の奥を慰撫《いぶ》されているような気持ちになってしまう。

「……っ」

瞬間、真砂と恋人として過ごした時間が脳裏に甦《よみがえ》る。優しい記憶はぬるま湯みたいに心地よくて、だけど少しセピア色になっていた。遠ざかる思い出が愛しくて、切なくて、恭は嗚咽《おえつ》を堪える。

「何我慢してんの。こんなときくらい泣けばいいのに」

「……泣いてない。泣いてる暇はない。俺は事件解決まで、前を向いて走り続けなきゃ――」

ふるふると首を横に振る恭の言葉は、途中で昂希の胸元に顔を押し付けられる形で抱き締められて途切れた。フェイスシールド付きのキャップを放り投げた昂希が、恭の旋毛《つむじ》に何度も口付けてくる。

「めんどくさいものいっぱい抱えてるみたいだから、あんまり追い込むのもなと思ってたけど――これ以上あんたがぼろぼろになっていくのを見てらんねえよ。恭ちゃん、道は前にしかないわけじゃないいんだよ。そんなひどい顔してまで、前って向かなきゃいけないもんなの？」

以前だったら自信を持って、俺は前に進むのだと即答できた。でも今は、彼の匂いと温もりに安心し、涙が溢《あふ》れてしまう。視界いっぱいのシャツが、どんどん濡れていく。

「もうやめなよ。そんなやつのことも、事件のことも忘れて、俺に口説かれちゃいなよ。その方が絶対、恭ちゃんは恭ちゃんを大事にできるよ」

前にも同じような口説き文句を聞いたが、その頃とは恭も昂希も気持ちの深さが違っていた。顔を埋めている彼の胸が、速いペースで鼓動を刻んでいる。気怠いハスキーボイスも、心なしかいつもより硬い。恭を抱く腕にも、わずかに力が入っている。

――そんな人生も悪くないいな。

頭を過った考えに、恭は動揺した。ずっと事件解決と真砂の敵討ちだけを考えて走ってきたはずなのに、心が揺れてしまった。

一方で、真砂への恋心が、最近ほんの少しずつ形を変え始めたような気もしていた。どれだけ自分を律しても、昂希に惹かれているのは否定できなくなっているのだ。

彼と一緒にいると、心の奥で壊れた何かが癒されていく。実際、最近自然と頬が緩むことが増えた。店での何気ないやりとりや、文句混じりの優しさは、恭の中で失いたくない日常になりつつある。

きっと栗山組《くりやまぐみ》を追うのをやめて、危険から遠ざかった世界に彼と逃げ込めば、穏やかな幸せが待っている。

しかし恭は、彼の背中に腕を回すことができない。

「……ありがとう。でも、ごめん。栗山組の件を解決しない限り、俺はどこにも行けない気がするんだ。それに正直、気持ちの整理もまだ付きそうにない」

嘘偽《いつわ》りない心情を答えながら、恭は自分の心を誤魔化して目の前の男に縋《すが》れない自《みずか》らのまっすぐさを少しだけ恨めしく思った。

しかし胸のつかえが取れない限り、昴希の手を取るのは違う気がした。

真砂のことを考えるとつきりと痛むこの気持ちが、いまだ燻《くすぶ》る恋の火種なのか、それとも自身の移ろう愛への罪悪感から来るものなのか、恭にはわからない。でも昴希の優しさを知っているからこそ、彼を逃げ道にはしたくなかった。

抱き締め返してしまわぬよう、シーツを握り締めて伝えると、彼は恭を抱えたまま横に倒れた。布団がばふっと二人分の体重を受け止め、ベッドのスプリングが小さく軋《きし》んだ。

「はぁ——まじでめんどくせえな、あんた」

盛大な溜息を吐きながら、彼はふっと笑った。

「でもまあ、いいよ。可愛い顔してメンタル猪《いのしし》で不器用で危なっかしいのが恭ちゃんだから。具合悪いときにいろいろ話させてごめんね。疲れただろ」

ぽんぽんと頭を優しく叩かれ、次第に身体の強張《こわば》りが解けていく。安堵から瞼が重くなり意識が朦朧《もうろう》としてくる。

温かな彼は恭を抱いたまま、一定のリズムで頭を撫でてくれている。このまま眠ってしまおうと恭は目を閉じたが、眠りに落ちる直前で発情の波が来た。

「うう……」

微睡《まどろ》みに浸《ひた》ったかと思えば、言いようのない熱が戻ってくる。それの繰り返しで、上手く寝ることができない。

不安定な恭を気遣ってフェロモンガードを外したまままくっついてくれている昂希も、直でオメガの匂いを感じてしまってつらいはずだ。

自分が寝付かなくては彼も離れられないのに、と焦るほど眠気は遠ざかり、発情に意識が持って行かれてしまう。

「どうした？　眠れない？」

眠るどころか下半身が完全に兆《きざ》してしまい、もぞもぞと動いていたら、昂希が額を合わせるようにして覗き込んできた。

「えっと、その……」

何と言っていいものかと目を伏せた恭を見て、彼は「あぁ、熱が溜まってんのか」と呟く。一人で処理をする必要があるので、恭は恥を忍んでこくりと頷き、彼が出て行くのを待つ。

「早く言えよ。ちょっと触るけど、気絶させようとするなよ」

予想とは裏腹に、昂希はおもむろに恭のズボンに手を突っ込んできた。恭は慌てて腰を引き、眠気の吹っ飛んだ目で彼を睨む。

「ななな何するんだ！」

真っ赤になって威嚇《いかく》すると、昂希は目を丸くした。

「何って、処理だけど。終わったらそのまま寝ていいよ。後始末くらいやっとくし」

あまりにあっけらかんと言うものだから、そういうものかと納得しかけるが、恥ずかしいものは恥ずかしいと思い直す。

「いい、いい！　自分で済ますから！」

「自分でって、あんた熱出ててろくに動けないし力も入らないだろ。そんな身構えなくても、恭ちゃんの気持ちわかってるし、別に襲ったりしないよ。というかアルファを誑《たぶら》かして情報収集してたくせに、何を今さら照れてんの」

ぶんぶんと首を横に振って固辞しようとする恭を、彼は訝しげに見てくる。

「あんなこと滅多にやらないし、自分を囮《おとり》にするとしても触られる前に相手を気絶させて逃げてたに決まってるだろ！」

涙目で言い募《つの》る恭をポカンとした顔で見つめた昂希は気まずそうに頭を掻いた。

「あー……そりゃそうか。恭ちゃんだもんな」

彼は苦笑の混じった声で呟き、恭の顔を隠すように自分の肩口に押し付けた。大きな手が後頭部を優しく撫で、そっと離れる。

「恥ずかしかったらそうしときなよ。俺も見ないし、あんたが嫌がることはしないから」

ぐずった子どもを宥めるような優しい口調に戸惑っていると、彼の手が下着の中に侵入してきて、すでに勃起《ぼっき》している恭の性器を包んだ。発情で敏感になったそれは、数回扱《しご》かれただけで呆気なく精を吐き出した。

「……っ」

息を詰めてびくびくと身体を震わせながら羞恥《しゅうち》で死にそうになる。それなのに、腹の奥の疼きは止まらない。快楽を求めて蠢《うごめ》く浅ましい恭の身体の要求に気付いた昂希が、じわりと濡れた後孔《こうこう》に遠慮《えんりょ》がちに指を入れると、そこは悦《よろこ》んで彼の指にまとわりつく。

恭は情けなさに唇を噛み締め、滲んだ涙を昂希の肩に擦り付ける。

「……ごめん」

絞り出した自分の声はあまりにか細く、悲痛に揺れている。昂希は一瞬動きを止め、慰めるように髪にキスをくれた。

「なんで。可愛いよ」

下心丸出しで迫《せま》ってきたこともあるくせに、彼はこういうときはちゃんと恭の気持ちを汲んでくれるのだ。きっと先程あえて「処理」という言葉を選んだのも、恭に罪悪感を抱かせないためだろう。

今夜の彼はただただ紳士的で、胸の奥が甘く痺《しび》れて理性が溶けてしまう。

「んっ、ん……っ」

「恭ちゃん、力抜いて。声出していいよ」

「や――っ」

長い指を中で折り曲げられて、尾骨から全身に快感の電流が走る。堪えきれずに甲高《かんだか》い嬌声《きょうせい》を上げた恭は、彼の胸元を縋るように握りしめた。下腹では恭の小ぶりな性器がとろとろと勢いのない吐精を続けている。

「大丈夫だよ。可愛いから、いっぱいイって」

羞恥と心細さでどうにかなりそうだったけれど、彼は恭が不安で潰れないように頭や背中を優しく撫でてくれた。彼の温もりに安堵した恭は、何度も絶頂を繰り返した。

性器と後孔にしか性的な触れ方をされていないにもかかわらず、恭が快楽に震えるたびに彼が「可愛い」と言うから、声で全身を愛撫《あいぶ》されたような感覚に襲われる。

可愛いと褒められて喜ぶようなタイプではないのに、彼が低く掠れた声でその言葉を紡《つむ》ぐと、心の底に隠れていた弱い自分が出てきて甘えたいと泣き出す。

「んぅ、ふ……っ」

「……恭ちゃん、つらい?」

頭上から聞こえてきた彼の切なげな声に、恭は自分がいつの間にか泣きじゃくっていたことに気付いた。

ひっきりなしにやってくる射精感と、底なし沼みたいな昂希の甘やかし方に涙が止まらない。でも、つらいわけではない。苦しいくらいに胸の奥が満たされて、どうしたらいいかわからないだけだ。

「ん、ん」

昂希の問いへの否定も込めて、恭は額を彼の肩にぐりぐりと擦るようにして首を横に振った。くすぐったかったのか、肩が軽く揺れた。

「可愛いよ、恭ちゃん」

煮詰めた砂糖のような甘い声で言った彼は、再び恭の身体の奥を指で激しく突いた。目の奥にちかちかと閃光が走り、頭が真っ白になる。ぶるっと腰が震えて、もう何も出ない性器が張りつめる。

「昂、希……っ」

恭が名前を呼ぶたび、彼は旋毛にキスをくれた。それがなんだか嬉しくて、恭は何度も彼の名前を呼んだ。

身体の内側をかき回され、びしょびしょになった性器を扱かれ、彼の「可愛い」の声と旋毛に触れる唇の感触に溺《おぼ》れながら、恭は意識を手放した。


翌朝、恭が目を覚ますと身体は清められ、服も寝巻に変えられていた。

もともと身体は丈夫なので、すでに熱もすっかり下がり、ヒートの症状も治まっている。しかし問題はそこではない。

——どんな顔をすればいいいんだ……っ！

昨夜の痴態《ちたい》を思い返し、恭は頭を抱える。性行為自体の経験は少ないながらもあるとはいえ、あんなに情けない姿を他人に晒《さら》したのは初めてだ。

「んん……」

不意に唸《うな》り声《ごえ》が聞こえてきて、恭はびっくりして下を見た。昂希が床に仰向けに転がっている。

眠りに落ちた恭の世話をして、様子を見守っているうちに力尽きたらしい。寝不足で少しだけやつれている。

「……俺が寝てからも、ずっと傍にいてくれたのか」

口を開けて眠る彼の寝顔を眺めていたら、感謝の気持ちが恭の中で大きく膨れ上がり、自分のプライドや羞恥心を押し退《の》けていった。

思えば昨夜、ヒートで朦朧としていたとはいえあれだけ甘えることができたのは、彼が心から恭を心配して、苦しんだり不安になったりしないように気遣ってくれたからだ。

胸の奥の満たされた気持ちとともに身体を起こした恭は、ふと壁にかかっているカレンダーに視線をやる。

――あれ、今日って……。

記憶を辿《たど》っていると、床の昂希がむくりと起き上がった。彼は眠たげな目を擦り、こちらを見てぎょっとした。

「え、もう復活してんの？　回復力やばくない？　じゃあ今日も店は通常営業かぁ、せっかくサボれると思ったのに。めんどくせえー」

ばりばりと頭を掻き、腹減ったと言いながらキッチンに向かう彼は、おそらくあえて昨日のことに触れないでくれている。軽口を叩く背中に、やはり優しい男だな、と恭は口元を緩めた。

「昂希に見せたいものがあるんだ」

まだ店の準備まで少し時間がある。恭はベッドサイドの棚から取り出したものを持って、朝食のパンをトースターにセットする昂希に駆け寄る。

目の前にぬっと出されたそれに、昂希は顔を引きつらせた。

「恭ちゃん、ついに拳銃の不法所持まで……」

「ついにって何だよ、ついにって。俺を何だと思ってるんだ」

口を尖らせた恭は、黒光りする九ミリ口径の回転式拳銃の引き金を引いた。直後、銃口から「おたんじょうびおめでとう」と書かれた可愛らしい旗が飛び出す。

「おたんじょうび……え、なんで知って――」

きょとんとした彼の表情で、恭は自分の記憶が正しいと確信した。初めて会った日にホテルで盗み見た身分証に記載されていた生年月日が、本日と同じ日付だったのだ。

「昂希、誕生日おめでとう。今日は捜査に行く前にパンケーキでも作るから、ささやかだけどお祝いさせてくれ」

「……別に二十八になる男の誕生日とか、祝うほどのものでもないけど」

照れ隠しに捻《ひね》くれたことを言う彼に、本心から「俺が祝いたいんだ」と伝えると、肩を竦《すく》めて目を逸らされた。恭はそれを無言の承諾《しょうだく》と受け取り、顔を綻ばせる。

「それにしても、その銃のおもちゃ、外装がリアルすぎだろ。一瞬まじでビビったわ」

「……この銃は二十年前、俺の両親が作ってくれたものなんだ」

銃身を撫でながら、恭は幼い日を瞼の裏に呼び起こす。

この拳銃を昂希に見せたのも、自分のことを大切に思ってくれる彼に、少しでも自己開示をして信頼の気持ちを表したいと思ったからだ。

「警察官に憧れてた幼い俺を喜ばせるために、両親が市販のパーティーグッズの銃を本物顔負けの見た目に改造してくれてね――」

当時の恭は大喜びしてモチベーションも爆上がりし、勉強も運動もよりいっそう頑張ることができた。

「これは今でも俺の宝物だ。……まあ刑事になってから改めてこの銃を見たとき、作りも材質もリアルすぎてちょっと引いたけど」

発砲《はっぽう》こそできないものの、重さも硬度も本物とほぼ同じだった。凝り性の父とハンドメイド好きの母の本気の魔改造に戦慄《せんりつ》したのを思い出して少し笑う。

「そういえばどうして警察官なんて目指したわけ？　オメガには向かない職業じゃん」

「そんなの、なりたかったからに決まってるだろ」

当然のように言うと、昂希は「はあ？」と目を見開いた。

「なんか警察官に命を救われたとか、殉職《じゅんしょく》した父親の跡を継いでとか、深いエピソードがあるわけではなく⁉」

「ないない。父親はずっと飲食系の仕事だったし、両親が亡くなったのも道路に飛び出してきた子どもを避けての事故だし。でも刑事ってかっこいいじゃないか。かっこいいから憧れて、幼いながらにいろいろと調べていくうちに、俺も人を助けて正義を貫く仕事がしたくなった。だから刑事になった。アルファのやつが同じ理由で刑事になりたいって言っても、誰も反対しないだろ？」

あらゆる選択の際に、オメガなんだからやめておけと言われたことは何度もある。理不尽に足を引っ張られたことだってある。

それでも迷わずに進めたのは、恭自身を尊重してくれる両親の支えや応援があったからだ。彼らは「やるだけやって無理ならいつでも帰って来い」と退路もあることを示しつつ、恭の背中を躊躇《ためら》うことなく押し続けてくれた。挑戦してはいけないことなんてないんだと教えてくれた。

最終的に権力への忖度《そんたく》や正義を全《まっと》うできない組織のしがらみに耐えきれず刑事を辞めてしまったけれど、そんなふうに応援してくれた両親の気持ちに応《こた》えるためにも、自分が関わった最後の事件だけは解決したいのだ。

「この銃のおもちゃは、両親が幼い俺の夢を肯定してくれた証だ。今でもこれを見ると行動する勇気が湧いてくる」

「……なんかいいね、そういうの。恭ちゃんがまっすぐ育ったのがよくわかる」

目を細めた昂希は、少しだけ羨《うらや》ましそうな顔をした。そんな昂希をじっと見つめてから、恭はおもちゃの銃を彼に手渡し、戸惑う彼の手ごと両手で包む。

「昂希の誕生日プレゼント、すぐには用意できそうにないから……これをプレゼントの代わりに持っていてくれ」

「は？　あんたさっき、宝物って言ってたよね⁉」

「だから、昂希に持っていてほしいんだ。そして栗山組の一件が片付いて――気持ちに整理がついたら、ちゃんとしたプレゼントを用意するから、そのとき交換で返してくれ。それまでは好きに使っていいぞ」

「いや、好きに使えって」

「……信頼しているから、大事な宝物を預けるんだ。あぁ、今後は無茶な状態での捜査はなるべく控えて、生きて栗山組の件を解決しないと、交換の約束が果たせなくなってしまうな」

微笑みを浮かべて彼の瞳を覗き込む。一瞬ぽかんとした彼は、すぐに照れたように笑った。

「約束だからね」

昂希がおもちゃの銃を受け取った直後、沈黙していたトースターが、会話が一段落したのを見越したようにチンと陽気な音を立てた。

## 5

その夜、恭《きょう》が作った若干豪快な見た目のパンケーキでささやかに昂希《こうき》を祝ったあと、二人はＺｅｕｓ《ゼウス》に程近いエリアで営業するアルファ専用クラブＨｅａｖｅｎ《ヘヴン》に向かった。

真っ白な扉を抜けた先にはサイケデリックな内装が広がっており、床に描かれたいくつもの天使の羽を二人は踏みしめて歩く。

バーカウンターで恭がアルファの男に聞き込みをし、離れたところから昂希がそれの真偽《しんぎ》を見定める。昂希からスマホに送られてくるメッセージは相変わらず「うそ」ばかりだ。

ここでは有益な情報は得られないようだと肩を落としていると、オールバックの若い男が話しかけてきた。

「君、一人？　同伴のアルファは？」

「実はさっき喧嘩《けんか》して、置いて行かれちゃいました」

悲しげに呟く恭に大げさに同情した男は吐息が酒臭い。呂律《ろれつ》も怪しく相当酔っている。

今夜はこいつがハズレだったら切り上げようと思いつつ、恭は慣れた様子でドラッグの話題に誘導する。泥酔気味の男はたまに支離滅裂《しりめつれつ》になりながらも、恭を誘おうと必死に会話に乗ってくる。

「……君、パーティーとか興味ある？」

「パーティー？」

「ここだけの話だけど――綾城会《あやしろかい》って知ってる？　俺、そこの関連組織と繋《つな》がりがあってさ。来週とあるホテルで最高にハイになれるパーティーをするらしいんだ」

耳元で囁かれた直後、スマホの通知音が鳴る。横目で確認して、恭は小さく目を見開いた。

メッセージには一言「ほんと」と書かれている。

「……そのパーティー、ちょっと興味あるなぁ」

日にちとホテルの情報を得た恭は、男を穏便に気絶させてクラブをあとにした。

綾城という名前は聞き覚えがあった。二年前、栗山組《くりやまぐみ》の中で急成長していた、幹部候補の若い男だ。

慎重《しんちょう》な性格らしく、情報はほとんどない。かつての捜査資料で、彼がアルファだという記述と、銀髪で妖艶《ようえん》な顔立ちの彼を写した粗《あら》い写真をたった一枚見たことがあるだけだ。

それでも栗山組に関する情報に当たったのは大きな躍進《やくしん》だ。大熊《おおくま》に情報を提供し、綾城会の存在を徹底的《てっていてき》に洗ってもらう必要がある。

よし、と小さくガッツポーズをする恭の隣を歩く昂希は機嫌が悪い。さっきから「あんなに耳元で話す必要なくね？」とぶつぶつ言っている。

しかし今日の成果は昂希の嘘発見能力のおかげでもある。お礼を言おうと振り向くと、彼は路上の看板に貼ってある選挙ポスターを眺めていた。

「別に今さら恭ちゃんのやり方にケチつけるわけじゃないけどさぁ……もう、こういうやつに、栗山組の捜査を再開するよう警察に圧力かけてってお願いするんじゃダメなの？」

彼が指差した先には「約束は必ず守ります！　庭野立《にわのたつる》」などといった気合いの入ったフォントとともに、いかにも誠実そうな顔を作った男たちのポスターが何枚も並んでいる。

「お願いって……この男もあの男も、上流階級のアルファしか入れない幼稚舎から温室エスカレーターで育って、庶民の生活を知るためにお忍びでファミレスに入っただけでニュースになるような人間だぞ。お願いしたくても生まれた瞬間から俺たちとは位階が違いすぎて、接点を持つ機会もないよ」

警察上層部もそうだったが、政治家も圧倒的にアルファが多い。

単にそういった職業に選ばれる優秀さを持ちうる人種が上流階級のアルファに多いだけだと言えなくもないが、やはりもう少し庶民寄りの権力者が増えてもいいのではという不満が言葉端に滲《にじ》んでしまう。

「こういう人たちは俺たちが入れるような店には来ないし、弱みを握ろうとしたところでこっちが潰されて終わりだよ。たとえばこの柔和なたぬき顔がチャームポイントの庭野議員なんて、巷《ちまた》では仕草がおっとりしてて可愛いだとか親しみやすいだとか言われてるけど、実際は二十代の若さでベテラン議員との結びつきも強いバリバリのやり手だ」

「……随分詳しいね」

「…………一般常識じゃないかな」

実は以前、権力者を脅《おど》して栗山組の捜査に人員を割《さ》くように誘導できないかと画策したことがあったがゆえの知識だということは、怒られそうなので言わないでおく。

「仮にお願いするチャンスがあったとしても、若手議員が一個人からの不確かな情報だけで警察に圧力をかけて失敗したりしたら本人の立場すら危うくなるし、腹黒いベテラン議員にはえぐい見返りを求められるからもっと無理だ。決定的な証拠を摑んだときの切り札にできれば最高だけど、世の中そんなに都合よくできてないからな」

「やっぱり他力本願はダメか。でもさぁ、クラブに潜入するたびに、あんたいろんな野郎とキスしそうな距離で会話するんだもん……たしかに今日はちゃんと引き際を見極めて、危険は冒《おか》してなかったけど……」

むすっと頬を膨らませる彼は長身でアルファらしい見た目とは不相応に可愛くて、胸がきゅんとなった。

「ちょっと何笑ってんの」

「いや、なんだか昂希が拗ねてるみたいで――」

可愛く見えてしまって、と言おうとしたら、ぐいっと手首を摑まれた。

「拗ねてるっていうか、妬《や》いてんだけど」

急に雄《オス》の顔で射抜くように見つめられて、恭は思わず固まった。大きな手で握られた手首から、跳ねる鼓動が伝わってしまいそうだ。

じわじわと頬を赤くして視線を泳がせていると、数メートル先に見覚えのある強面《こわもて》の横顔を発見した。

「――あっ、大熊だ」

ほぼ反射的に彼の名前を口にしてから、仕事中だっただろうかと辺りを見回す。恭の声は独り言レベルだったが、自分の名前だったせいか大熊は耳聡《みみざと》く反応し、こちらを振り向いた。先程までの空気は立ち消え、昂希はちっと舌打ちして恭から手を離した。

「げ……呉林《くればやし》、お前またこんなところに……。無茶な捜査はしてないだろうな」

ぎょっとした顔をした大熊はすぐに疑わしげに睨んできた。緊迫した張り込み中などではないことが窺えたので、昂希と二人で彼に駆け寄る。

「心配ない。もう少し深追いしたかったけど、ちゃんと途中で引き上げた。ええと、その、昂希と約束したから……」

なんとなく気恥ずかしくなって声が尻すぼみになった恭に、大熊は目を瞬《しばたた》かせ、そのあと昂希をまじまじと凝視した。

「へぇえ、ほぉ……この暴走猪男を止めるなんて、あんたすごいな。警視庁から感謝状を贈りたいくらいだ、本当に」

本当に、ともう一度力を込めて昂希の肩に手を置いた大熊の目は本気だ。

「むしろ国民栄誉賞くらい貰ってもいいと思うけど、本当に」

昂希まで真顔で言いだしたので、恭はさすがに居《い》た堪《たま》れなくなった。

「も、もういいだろ。それよりちょうどよかった。大熊に知らせたかった情報があるんだ。実は来週、六本木《ろっぽんぎ》のホテルで――」

「おい、ちょっと待て」

大熊に遮られてようやく恭は彼の背後に誰かがいることに気付き、慌てて口を噤《つぐ》んだ。

長身でガタイのいい彼の影にすっかり隠れてしまっていたのは、小柄《こがら》で華奢な青年だった。

プラチナブロンドの髪が似合う派手な顔立ちのオメガで、一目でブランドものとわかる衣服を身にまとっている。

「……浮気か？」

思わず恭は大熊を睨んでしまった。彼の伴侶は和風の凛《りん》とした女性のオメガだったはずだ。

「そんなわけないだろう。彼はこの辺のオメガキャバクラのキャストで、路上で厄介な客に絡まれてるところに俺がたまたま通りかかったから保護しただけだ」

大熊の後ろから窺うようにこちらを見ている青年は、瞬きをするたび長い睫毛《まつげ》が揺れている。

オメガの顔の造形は恭も含めて一般的に綺麗で愛らしいタイプが多く、さらに水商売系の職に就く人たちは美意識も高いので余計に華《はな》やかで美しい。ストーカー化したり強引に迫る客がいても不思議ではない。

「嘘だね」

恭が納得する横で、昂希はにやりと笑って言った。

「オメガキャバのキャストってとこまでは本当で、そこから先は嘘。前にも言っただろ、俺、嘘はなんとなくわかるって。それにその子の匂い、前にあんたについてた匂いと同じじゃない？」

「え……やっぱり大熊、不倫して……」

「違う、断じて不倫ではない！」

他人の浮気疑惑で若干ゲスい顔をする昂希と、愛妻家だと思っていた元同僚の不貞にドン引きする恭に見つめられ、大熊は必死に首を横に振って弁解するが、どこか胡散臭《うさんくさ》く感じてしまう。

「もういいよ、大熊さん」

どう頑張っても疑惑が深まるばかりの大熊を見兼ねた青年は、肩を竦めて助け舟を出した。

「僕の名前はルカ。オメガキャバのキャスト時々、情報提供者です。これでいい？」

「す、すまん……君にも呉林にもリスクはあるし、できる限りどちらに対しても秘匿《ひとく》したかったんだが」

申し訳なさそうな大熊に、ルカは愛嬌《あいきょう》のある笑顔を向ける。ちらりと昂希を窺うと「嘘ではない」と視線を送ってきた。

「この人たちも僕と同じ善意の情報提供者なら、悪質な組織をのさばらせたくないと思ってる仲間でしょ。バレても危険ってことはないと思う――まあ『善意の』なんて言うと、そこのお兄さんに嘘だって思われちゃうか。ぶっちゃけると大熊さんご一行が結構うちの店にお金落としてくれるから、ギブアンドテイクみたいな関係なんだけどね」

「え、じゃあその時計も大熊サンの落とした金で買ったの？　たしか数十万はするよね」

「まさか。こんなの買ってくれたら、特大の情報流しちゃうんだけどね」

ほっそりした綺麗な手首を見せてぺろっと舌を出すルカに場の空気が和《なご》んだ。そのまま昂希はルカと話し込み、恭は大熊に摑んだ情報をすべて差し出す。

「わかった。調べてみる。……ありがとな」

真剣に頷く大熊は、やはり栗山組を諦めていないのだろう。それを知ることができただけでも情報を託《たく》した甲斐があると思った。

「昂希、帰ろう――」

元同僚との会話を終えて振り向いて、恭は口を噤《つぐ》んだ。昂希はルカを気に入ったのか、矢継ぎ早に話しかけている。

「へぇ、ルカちゃんは毎日出勤してるわけじゃないのか。じゃあ指名したくてお店行っても空振りしちゃうかな」

「それなら連絡先交換しようよ！　昂希くんがお店に来るときはちゃんと出勤します」

「まじ？　嬉しいな」

思いのほか盛り上がっている昂希とルカに、恭は咄嗟《とっさ》に胸元を押さえた。

――なんか、この辺が痛い……。

ギャンブラーと水商売というどこか馬の合いそうな性質を持つ二人の掛け合いに、胃から胸にかけてムカムカしたものが湧き上がってくる。昔、大熊とかつ丼《どん》の早食い競争をして消化不良を起こしたときのような不快感だ。

「あ、恭ちゃん話終わった？」

「う、うん、終わった」

ルカと連絡先を交換した昂希は、あっさりと美青年に手を振って恭の隣に戻って来た。名残惜しそうな素振《そぶ》りもなくけろっとした顔の昂希を見て、恭は我に返る。

——俺が大熊に捜査の話をしやすいように、第三者であるルカを遠ざけてくれていただけ、だよな。

昂希がルカに対して興味津々《しんしん》に見えたのは事実だが、彼は自他ともに認める面食いだから、美人のオメガに多少はしゃいでしまっただけだろう。

「いや、自分の問題すら片付いてない俺にどうこう言う権利はないし……」

「恭ちゃん？　腹痛いの？」

不思議そうにこちらを見下ろす昂希に、恭は口をもごもごさせたあと、結局何も言えず無言で顔を逸らした。

# 6

大熊《おおくま》が閉店直前のミライエを訪れたのは、それから一週間後のことだった。

その日は朝からずっと雨天で、最後の客を見送り店内を片付けていた恭《きょう》の前に、強面《こわもて》の男は傘《かさ》からはみ出した肩を濡らして、渋い顔で現れた。

「いい知らせと悪い知らせ、どちらから聞きたい」

淡々と話す大熊を訝《いぶか》りつつ、恭が「いい知らせから」と伝えると、彼はカウンターの右端に腰かけた。

「呉林《くればやし》が言ってた綾城会《あやしろかい》だが、あれは栗山組《くりやまぐみ》にいた綾城で間違いなさそうだ。当時、組の中で急成長していた若手派閥《はばつ》で、現在は新興の半グレ集団『綾城会』として活動しているらしい。が、現段階では詳細《しょうさい》はまるで不明だ。栗山組にいた頃から用心深い男だったからな。アルファ至上主義で極めて嗜虐性《しぎゃくせい》の高い性格ということしかわかっていない」

しかし綾城を洗えば栗山組に辿りつく可能性が出てきたわけだ。恭はカウンターの内側で拳をぐっと握る。

「……悪いニュースだが、ドラッグパーティーの情報は空振りだった。俺も半ば強引に捜査員を集めて踏み込んだが、そんなもんが行われた形跡すらなかったよ」

「そ、そんな……」

愕然《がくぜん》として大熊を見ると、彼はテーブルに視線を落として項垂れていた。

「実はあの日、ルカからもタレコミが入ってたんだ。でも俺はそっちを蹴って、お前の情報に賭《か》けた。結果、俺は見事にハズレを引き、別の班に託したルカの方の情報は当たりだった」

「……ごめん」

「いや、お前が嘘を吐《つ》いたわけではないことはわかってる。責めるつもりはない」

乾いた唇で謝罪の言葉を振り絞ると、大熊は疲れた顔で苦笑した。

彼は怒った様子こそ見せないが、自らの班を動かしての空振りに、明らかに落胆《らくたん》している。

そしてそれは恭の情報の信頼性が急降下したことも示唆《しさ》していた。

「ルカの情報の精度もすごいね。オメガキャバってそんなに情報集まるの？　それとも彼が相当優秀ってこと？」

恭たちの会話を聞きながら店内を片付けていた昂希が、不意に大熊の隣席に座って話しかけた。ルカの名前が出た途端に食いついた彼に、胸の奥がちくっと痛む。

「あぁ、ルカの情報にはいつも助けられてる。優秀なのもあるが、話し上手《じょうず》なんだろうな。頭の回転が速い」

「たしかに、綺麗な上に愛嬌もあるしなぁ。しかも金も持ってる。どうやって出会ったの？　毎日出勤してるわけじゃないって言ってたけど、どのくらい店にいるんだろ」

「なんだよ、急に。あんたには大人しく呉林の手綱《たづな》を握っていてほしいんだが……というか連絡先知ってるんだから、出勤日は彼に直接聞けばいいだろう。出会ったのは単に聞き込み中に――」

身を乗り出すようにしてルカのことを尋ねる昂希に、恭はつい背中を向けた。流し台で食器を洗うのを口実に、水の音で二人の会話をシャットアウトする。

——やっぱり、すぐに気持ちに応えられない俺の敵討ちに付き合うより、ああいう相手と楽しく遊ぶ方がいいのかな。

このあいだは恭と大熊が話しやすいように気を利《き》かせてルカの相手をしてくれたんだと納得したが、今思えばそれも、彼の気持ちに気付きたくなくて半ば自分に言い聞かせていただけなのかもしれない。

昂希はこの家に居候《いそうろう》するようになった結果、身近なオメガが恭しかいないから視野が狭《せば》まっていただけで、本来は出会った当初よろしく夜の街で遊ぶのが好きなタイプのはずだ。恭への想いが実を結ぼうと結ぶまいと、彼が離れていくのは時間の問題だったのかもしれない。

悪い方へ転がり出した思考を元に戻せないまま、恭は洗い物を終える。二人の会話もすでに終わっていたようで、大熊がこちらをじっと見ていた。

「悪い知らせがまだあるのか？」

直観的に尋ねた恭に、大熊は苦い顔をした。情報の空振りのときよりもひどく言い淀《よど》む彼に、恭もごくりと唾《つば》を飲む。

「呉林もそこに座れ」

「え、どうして？　俺は別に立ったままでいいよ」

いいから、とカウンターの椅子を引かれ、恭は渋々腰を下ろす。昂希越しに大熊を見ると、彼はしばらく俯いて口を開けたり閉じたりしたあと、ぐっと眉間に皺を寄せてこちらを向いた。

「最近、とある男が盗撮《とうさつ》容疑で逮捕されたんだ」

予想外のワードに拍子抜けしたものの、大熊の暗い瞳に茶々を入れることもできず、恭は話の続きを促す。

「そいつは気合いの入った盗撮魔で、近所に住む女性を何年も監視し、毎日毎日マンションのベランダや出入口に現れる彼女を写真と動画に記録していたらしい。それで、その事件の担当者が、見つけたんだ。押収品の映像の中に――隣のアパートに入っていく真砂《まさご》さんの姿を」

不意打ちで出てきた名前に脈が上がる。

しかしベータでありながら稀代《きたい》のエースだった真砂は組対以外の部署でも有名だったので、別の課の人間がその顔を知っていても不思議ではないし、盗撮映像に映り込んでいたからといって別に悪いことではない。

元恋人の立場から強いて言うなら、浮気相手の部屋でも訪ねていたのだろうかと考えると明るい気分にはなれないが、それも今さらだ。そもそも二人の関係を知らない大熊が気に病むとも思えない。

「だからどうしたんだ。盗撮されたくらいで、そんな悲愴《ひそう》な顔をすることはないだろう」

「……あの人が入っていった建物が、栗山組の関係者のアパートでなければな」

「それって――真砂が栗山組と癒着《ゆちゃく》してたってこと?」

大熊の言葉に息ができなくなった恭の代わりに、昂希が尋ねる。彼の声もさすがに動揺で揺れている。

「悪い冗談だと思って、俺も映像を確認したし、真砂さんのことも調べたよ。でも調べれば調べるほど、嫌な事実が出てきやがる。たとえば真砂さんが過去に検挙したのは全部栗山組の商売敵だったとか、大きな取引がある日は別の組のがさ入れを先導して行い、栗山組に注意が向かないようにしてたとかな」

「そんな……」

視界がぐにゃりと歪み、恭はひどい眩暈《めまい》に襲われていることに気付く。椅子に掛けておいて正解だった。立っていたら間違いなく倒れていた。

――全部、嘘だったのか……。

大切にしていた過去が汚物でぐしゃぐしゃに塗《ぬ》りつぶされていく。舗装《ほそう》されたアスファルトの上にいると思っていたら、いつの間にかひびの入った氷の上にいたらしい。足元が急に不安定になり、がらがらと崩れていく。

「恭ちゃん、大丈夫?」

不意に背中を擦《さす》られて顔を上げると、心配そうな昂希が首を傾けて覗き込んできていた。つい広い胸に縋《すが》りたくなったけれど、先程のルカに興味を示す彼を思い出してしまい、いっそう胸が苦しくなる。

「大丈夫、問題ない。そうか、そうだったのか。大熊、貴重な情報をありがとう」

「おい、本当に平気か？」

大熊まで気遣わしげな表情を浮かべるものだから、恭は気力を振り絞って椅子から立ち上がり、強面の彼の背中を叩く。

「大熊の方が死にそうな顔してるぞ。お前にとっても真砂さんは目標とすべきエースだったもんな。でも事実は事実だ。仕方ないだろ」

「……そうだな。今夜は絶対にしくじれない大捕り物があるんだ。俺も切り替えないとな」

一息に言いきると、大熊はようやく深呼吸をして腰を上げた。ちらりと外を見ると、雨はだいぶ小降りになっている。彼は恭の肩にそっと手を置き、心なしかいつもより小さくなった背中をこちらに向けて帰っていった。

しばらく無言で各々店内の整備をしたあと、恭はホールの掃除を終えた昂希に声をかける。

「昂希、悪いんだけど今夜はレジの精算をお願いしてもいいか？ 売り上げは金庫に入れて——」

「おいおい、いいわけ？ 俺、また売り上げ金を握りしめてパチンコ行こうとしちゃうかもよ？」

恭の平坦《へいたん》な声に何か感じ取っているのか、昂希はわざとらしくおどけた口調で言った。

「疲れてるんだ。頼む。金庫の番号は店の電話番号の下四桁《けた》を二倍にした数だ。一週間分の売り上げが入ってるからまとめておいてくれ」

「……わかった。先に二階に上がってていいよ。今日はゆっくり休みな」

「ありがとう。悪いな」

昂希に礼を言って、恭は二階の自室に入る。

このまま休息を取る気はない。ゆっくり休むのは——脳に考える隙を与えるのは、怖い。

急いで奥歯に閃光弾《せんこうだん》を装着し、武器の収まった工具ベルトを腹に直接括《くく》りつける。

——捜査に行かなきゃ。一人で、行かなきゃ。

今回の情報の空振りは恭にとっても大熊にとっても痛手だった。失った信頼は、さらなる決定的な証拠を見つけて挽回《ばんかい》するしかない。

捜査にはいつも昂希が同行していた。しかし今は昂希と一緒にはいたくなかった。

ただでさえ真砂の裏切りで心が壊れそうなときに、ルカに惹かれつつある昂希を見ているのは耐えられない。

捜査に連れ回して「面倒事ばっかの恭ちゃんより、一緒に遊べて楽しめるルカの方がいい」と決定的な言葉を言われるくらいなら、彼を置いていってしまいたかった。

だって、そんなことを言われたら、今までの自分の生き方を、きっと恭は後悔してしまう。

——想像しただけでこんなに堪《こた》えるなんて、俺は昂希のことをすっかり好きになってたんだな……。でも、もう……。

「あっ、あんたやっぱり――」

バイクのキーを摑んで外階段を下りると、店の窓から顔を出した昂希が焦ったように叫んだ。どたどたと外に出てくる彼の足音を聞きながら、恭はバイクのエンジンをかけた。


一人きりで繁華街に来るのは久々だった。

一日中降り続いていた雨は止《や》んだものの、街の薄汚れた空気は洗い流してくれなかったらしい。湿った匂いが鼻をつき、不安なのか不快なのかわからない感情がこみ上げる。

少し前まではずっと単独で行動していたのに、文句を言いながらついてくる彼がいないのは、なんだか心細かった。

前回、綾城会の話を引き出せたクラブＨｅａｖｅｎ《ヘヴン》の前の電柱に凭《もた》れかかり、行き交う人々を観察する。

この店はＺｅｕｓ《ゼウス》同様、オメガの恭だけでは入れないので、最悪店を出入りするアルファを捕まえて立ち話をするだけになるかもしれない。

だからといって何もせずにはいられなかった。やるからには少しでも情報を引き出してやる、と拳を固める。

そのとき不意に目の前を男が通り過ぎ、少し進んでから戻って来た。

「君、どこかで会ったことある？」

先日、泥酔状態で綾城会の話をしてくれたオールバックの男だった。今日はまださほど酔っていないらしく、口調がしっかりしている。

「あのときの――」

恭は口を開きかけて、一瞬言い淀んだ。

ここでこの男に乗れば、無茶をしないという昂希との約束を破ることになる。

意地になっている自覚もある。能動的に動いているようで、これは単なる「逃げ」だということはわかっている。情報収集に奔走することで、考えたくないことから逃げている。

――昂希はもう俺に愛想を尽かしただろうな。

立ち止まったら座り込んで泣きたくなりそうで、昂希を無視して出てきてしまった。

レジの精算をさせたのも、金庫の番号を教えたのも、餞別《せんべつ》のつもりだった。

大熊が帰ったあと各々《おのおの》で店内を片付けているときに、恭はこっそり金庫を開けて、一週間分の売り上げの入った袋の上に手持ちの現金をありったけ足しておいた。

恭に嫌気が差して出て行くなら、もっと楽しく過ごせる人のもとへ行くなら、持って行ってくれて構わないという気持ちを込めて。

一方で、帰宅して本当に部屋と金庫が空《から》になっていたら、わんわん泣いてしまいそうな自分もいる。

覚悟ができているような、できていないような、自分らしくない半端な感覚だけど、これ以上考えると崩れ落ちそうで、恭は無理矢理思考を打ち切った。

「僕のこと忘れちゃいました？」

不思議そうに首を傾げる男に、恭は首を傾げて蠱惑的《こわくてき》に微笑む。

彼のドラッグパーティーの情報はハズレだったが、綾城と栗山組の関係は有益だった。この男を突けば、さらなる情報を摑めるかもしれないのだ。

「この前あなたが話してたこと、もっと詳しく聞きたいなと思って会いに来たのに」

「なんの話だろう。二人きりになれば思い出すかな」

そう言われて、正直少しだけ迷った。しかしすぐに迷いを捨てて、男の腕に自分の腕を絡める。感情はもうぐちゃぐちゃで、半ば捨て身な気持ちだった。

「それなら、僕と――」

以前昴希にやったのと同じようにホテルへ誘導して、少しだけ密着してフェロモンで気絶させ、この男の鞄《かばん》やスマホを漁《あさ》って情報を盗めばいい。難しいことではない。

そう思うのに、何度も恭のことを心配して怒ってくれた昴希の顔が頭を過り、恭は店の前から動けなくなってしまった。

「どうかした？　あ、ホテルなら俺、いいとこ知ってるよ」

「あんた、何してんの」

男の言葉が途切れた瞬間、今まで頭の中を占めていた彼の声が聞こえた。

横を見ると腕を組んでいた男は青褪《あおざ》めており、その真後ろに昂希が立っている。視線を落とした先では、黒光りする物体が昂希の手の中に見えた。おもちゃに見えないおもちゃの銃が、男の背中にめり込んでいる。

「身体に風穴開けられたくなければ今すぐ消えな」

地鳴りのような低い声で昂希が言うと、男は大慌てで走り去っていった。あの男も清廉《せいれん》潔白とは言えないタイプなので通報される心配はないが、そんなことより昂希が青筋を立てた鬼の形相《ぎょうそう》でここにいることに動揺した。

「ど、どうしてここに――」

「うるさい、黙れ。バイクはいつものとこだよね？」

昂希は恭の手首を摑み、無言で歩いていく。路上に無数に点在する落とし穴みたいな水たまりを、二人は直進しながらいくつも踏んづける。跳ねた泥水《どろみず》でズボンの裾《すそ》が濡れたことにも、彼は気付いていない。広い背中からは怒りのオーラが滲み出ており、抵抗を許さない雰囲気がひしひしと伝わってくる。

「乗って」

「でも――」

「乗れ」

ほとんど強制的にヘルメットを被らされ、後部座席に乗せられる。こんなに怒った昂希を見るのは初めてで、恭は何も言えなくなっているうちに家まで送り届けられてしまった。


「あんたさ、無茶しないって約束したよな？　さっき、あいつとどこに行こうとしてたわけ？」

二階の玄関に入るや否《いな》や、腕を組んで仁王立ちした昂希に詰められる。

今までのような真相究明のための無茶とは違い、今回は悪感情に支配された、ただの暴走だ。

それを自覚しているだけに言い訳もできずにいると、ついに昂希の怒りが爆発した。

「都合が悪くなったらだんまりかよ⁉　ふざけんじゃねえ！　自分を大事にしろって、何度も言ったよな？　俺の言葉なんて右から左で記憶にございませんってか」

「そ、それは違う！　ちゃんとわかってる。でも今日は――」

「わかってるなら、なんで俺を置いてってたんだよ！　俺の気持ちだって、ちゃんと伝えただろ」

右手で壁を殴りながら声を荒らげる昂希に、恭も引きずられるように感情を爆発させた。怒りに任せて鞄を投げたら、玄関の防犯装置に当たり、不穏な音とともにどちらも落下した。

「でも、本当は俺みたいな面倒事を抱えた見た目詐欺のオメガより、ルカみたいに綺麗で華やかなオメガの方がいいんじゃないか⁉　俺のことなんて放っておいて、彼のところに行って楽しく遊べばいい！」

「はあ⁉　何言ってんの？」

「しらばっくれるな！　彼と随分話が弾《はず》んでいたようだったし、大熊にも彼のことを根掘り葉掘り尋ねていたじゃないか！」

声が嗄《か》れるほど怒鳴ったら、ついでに涙も出てきた。途端にぎょっとした表情になった昂希から顔を逸らし、恭は鼻を啜《すす》る。

「はあぁ⁉　ルカは明らかに何か嘘吐いてるふうだったから探り入れてただけに決まってんだろ」

「へ？」

「あんた、そんなこと気にしてたのかよ……まじでめんどくさい界の世界王者じゃねえか」

急に脱力した昂希に、恭も勢いを削《そ》がれる。投げた鞄と落下で半壊した防犯装置を二人で粛々《しゅくしゅく》と拾い、リビングのソファに並んで座った。

「……今さらだけど、あんたから預かってるもんを脅しに使って悪かったな。俺、勘はいいけど戦闘力はゼロだから、やむを得なかったんだよ」

昂希は冷静になったらしく、自分の鞄に入れっぱなしのおもちゃの銃をちらりと見て呟いた。

「いや、それは構わないけど……ルカが嘘を吐いていた……？　でも彼は相当な美形だったし、昂希は見破れないんじゃ……」

「あのくらいの顔なら見破れるっつーの」

「あのくらいって……彼は髪も綺麗で、俺と違ってセルフカットじゃないし、拳に殴りダコもなかったし、多分腹に銃創もないし……」

思わず劣等感《れっとうかん》丸出しで自分との違いを列挙すると、昂希は呆れたように半目になった。

「あんた、ほんとバカなんだな……。まあ、とにかくルカは嘘を吐いてた。で、俺は嘘の内容まではわからないから、捜査に関係のある嘘なのかどうかを見極めようと思って彼の話を聞いてた。以上」

「そ、そうだったのか……俺はてっきり――」

「俺がルカに気があると思って妬いた？」

直球で尋ねられて返事に窮《きゅう》したが、事実なので恭は顔を赤くして首を縦に振る。

「本当にごめん……言い訳のしようもない。昂希がルカに惹かれてると思ったら苦しくて、真砂さんのこともあって頭がごちゃごちゃになった結果、暴走してしまった」

俯いたままぽつぽつと話すと、昂希は長い溜息を吐いて「俺、ほんとに面倒なの嫌いなんだよ」と呟いた。

完全に嫌われた。部屋に沈黙が落ちる。しかし自分はそれだけのことをしたのだ。泣く資格はない、と歯を食いしばる。

「で、恭ちゃんはルカに妬いちゃうくらい、俺のことをちゃんと好きになったってことでいい？」

「……うん、でも俺は約束も破ったし迷惑もかけたし、愛想を尽かされ――」

涙を堪えながら答える恭の腕を、昂希が不意に摑んで引き寄せた。恭の上半身は彼の胸に飛び込む形となり、状況が理解できず目をぱちくりさせる。

「もういろいろ面倒だから、恭ちゃんには期待しない。自分を大事にしろとか言わねえ。俺があんたの分まで、勝手にあんたを大事にする」

「え――」

「事件はまだ解決してないけど、一応気持ちに整理がついて、俺に口説かれてくれるんだろ？だったら俺はめんどくさいの込みであんたのことが好きだから、大切にしてやるって言ってんの」

耳を赤くした彼を見上げ、瞬きもできずにいたら、額をぺしっと叩かれた。

「なんか言えよ」

「お、俺でいいのか」

「いいよ、もう。約束破るわ脱走するわで正直マジギレ状態だったけど、それでも放っておけねえんだもん。まあ見た目は好みドンピシャだし、くそめんどくさい性格も言うほど嫌いじゃないよ。ブルーチーズやパクチーだって愛好家いるくらいだからな」

なぜ臭《くさ》いものに喩《たと》える、と思ったが、目を細めた彼があまりに優しい顔をしていたものだから、恭は無性に泣きたくなった。

「今日、一人で捜査に行ったらなんだか心細かったんだ。今までずっと一人でやれてたのに」

さっきまでの寂しさや苦しさを思い出し、恭はふっと目を伏せる。

「いつの間にか昂希のことが、何ものにも代えがたいほど大切になってた。今日、真砂さんが裏切ってたって知ったときに感じた喪失感《そうしつかん》も、恋人としてではなく、彼を慕《した》った後輩としてのものだった」

もともと真砂に対しては恋愛感情以上に刑事としての憧れの気持ちが強かったので、下手《へた》な失恋より余程ショックだったわけだが。

「融通《ゆうずう》の利かない面倒な俺より、楽しく夜遊びできるような相手の方がいいって昂希に言われたら——そう考えたらすごく怖くなって逃げだしてしまって、愛想尽かされたって思ったら悲しかった。俺も、ちゃんと昂希のことが好きだよ。心配させて悪かった」

笑顔で言ったはずなのに、幸せが瞳から温かな雫《しずく》となって溢《あふ》れた。ぽろぽろと頬を濡らす涙を、昂希は愛おしげに指先で拭ってくれる。

「……まあ、返事としては及第点《きゅうだいてん》だな」

眉を下げてふっと笑った昂希に、だったらどう答えれば満点なんだと聞こうとしたが、かさついた指先で唇を押されて言葉を飲み込む。

「恭ちゃん——」

少しハスキーな彼の声が鼓膜を揺らす。顔を近付けてくる彼に目を閉じると、唇に湿った感触がした。軽く口を開いた隙間から肉厚な舌が入ってきて、歯列《しれつ》を丁寧になぞっていく。

呼吸を忘れるほどキスに酔いしれ、きつく舌を吸われるたびに、甘い痺れが背中から尾骨にかけて走る。彼の服の胸元をくしゃっと握り、恭は飲み込みきれない唾液《だえき》を口の端から垂らしながら、口内に与えられる刺激に夢中で応えた。

「ん、ん――」

「あんた、そうやってしおらしくしてると、ほんと可愛いな」

唇を食べられたままソファに押し倒された瞬間、玄関から微かに物音が聞こえた。二人してびくっと身を竦めて身を起こす。甘い空気が霧散《むさん》していく。

足音を立てずに玄関の様子を窺い、そっと扉を開くと野良猫が逃げて行った。恭は昂希と顔を見合わせて、ほっと肩の力を抜く。

「……十亀のじいさん、たしか夜型だったよな？」

「うん、モーニングを寝る前に食べに来るレベルの夜型だ」

「防犯装置、直してもらってくるわ」

「……そうだな。十亀さんなら五分で直してくれると思う」

危険な捜査をしている身としては、防犯装置のない状態では万が一のことを考えてしまい、キスより先のあれこれに集中できそうにない。

二人は苦笑を交わし、もう一度軽く唇を合わせる。

「すぐに帰ってくるから、シャワー浴びといてよ」

「ん。奥歯の閃光弾も、服の中に仕込んだ武器も取っておくよ」

「ぜひそうして」

下唇を突き出した昂希を見送り、恭はリビングへ戻る。彼に抱き締められた身体を自分で抱き、まだキスの感触の残る唇に触れる。

「……っ」

照れくさくて、幸せで、どうにかなってしまいそうだ。まだ事件は解決していないので浮かれるわけにはいかないが、今夜だけは愛に溺れてしまってもいいだろうか。

慣れない幸福をうまく咀嚼できずに屈《かが》んで身悶《みもだ》えていた恭だが、そこでふと我に返った。

「――そういえば未録音の予備機があったじゃないか」

以前、防犯装置のダイナミックすぎる音声に文句をつけた昂希に、十亀がしょんぼりしながら新品を渡していた。あれはたしか、悲しげな老人への罪悪感から結局付け替えることなく、予備として保管されているはずだ。

立ち上がってリビングの棚を漁《あさ》ると、詰め込まれた備品や不用品の中に手の平サイズの白い箱型の機械を発見した。

手前のファンシーな瓶を出してから、奥にしまわれていた予備機を摑んでテーブルの上に置く。

十亀の修理速度と家の近さを考えると短時間で帰ってくるだろうけど、せっかくロマンチックな雰囲気だったのだから、今日のところはこれを使えばよかった。

恭が一人で苦笑していると、玄関のドアノブをがちゃがちゃする音がした。昂希も同じことに気付いたのだろう。ばつの悪い顔で戻ってくる彼を想像し、緩んだ顔で玄関へ急ぎ出迎える。

「おかえり――」

「ただいまぁ」

そこにいたのは、写真で見たことのある男だった。

銀色の髪を後ろに流した、異国情緒溢れる美しい顔立ち。後ろには一目でアルファとわかる文武両道を絵に描いたような男たちが十人近く控えている。

「綾城……っ」

いつの間にか横から出てきた銃口が、恭のこめかみに押し付けられていた。さすがにこの状況で反撃をする術《すべ》は持っていない。少しでも怪しい動きをしたら、この男たちは躊躇いなく自分を殺す。

「動かないでね。マサ、こいつ『おかえり』って言ったから同居人いるよ。すぐに通報されてもつまんないから、お前のピッキングで施錠《せじょう》して普通に外出したふうにしといて」

マサと呼ばれた一番大きな男は、無言で頷いている。いかにも戦闘員といった体格とサイドを刈り上げたヘアスタイルが彼のいかつさばかりを強調しているが、よく見ると若く、二十歳そこそこのようだった。

顔に似合わず手先も器用なようで、痕跡《こんせき》も残さず一瞬で施錠してしまった。

「……ボスが直々《じきじき》に出てきてくれるとは思わなかったな」

「僕は現場を大事にする主義なんだ。後ろにいるのも全員幹部だよ。君には相応のおもてなしをしないとね」

にっこり笑う麗人に、恭は両手を上げて大人しく従う意思を見せる。すぐさま男たちに囲まれて車に乗せられ、後ろ手に縛《しば》られて頭に麻袋を被せられた。

次に恭の視界が自由になったのは、見知らぬ廃工場の床に転がされたときだった。

車内ではずっと銃を当てられたままだったので反撃のチャンスはなく、まんまと誘拐《ゆうかい》されてしまった。フェロモンで眩暈を起こさせて運転を妨害《ぼうがい》しようとも考えたが、彼らが引き金を引く方が早いと思い、断念するしかなかった。

——でもまだチャンスはきっとある。乗車時間的にも、そんなに遠くまでは来ていないはずだ。

おそらくここは綾城会が押さえている工場だが、個人経営レベルの規模で面積も小さく大した設備はなさそうだ。出入りできそうな場所は正面玄関と裏口と窓がある。十分だ。

拘束《こうそく》したままでいいから、少しのあいだ放置してくれたら、その隙に脱出できる。衣服は捜査から帰ったときのままなので、服の下には武器がいくつか仕込んであるのだ。

あとは外に見張りくらいはいるだろうから、そいつらをどう片付けるか――と算段を練っていると、綾城の冷酷《れいこく》な瞳と視線がぶつかった。

「マサ、そいつの服を脱がせておこう。武器になりそうなものは全部取り上げて」

こちらの思考を読んだかのような指示に、恭は血の気が引く。目の前の美しく邪悪な男の方が、恭よりも一枚上手《うわて》だったらしい。

「やめろ……っ」

抵抗する間もなく、恭の服はマサによって引き裂かれていく。無感情にこちらを見下ろした大男は、恭のチョーカーや下着まですべてを取り払った。

丸裸の状態で綾城と十名近い幹部の中央に投げ出され、コンクリートの冷たさを感じながら、恭は屈辱に唇を噛み締める。

「思ったより武器を仕込んでたね。悪い子だ。あぁ、いけない、スマホもポケットに入ってたのか」

マサから渡されたスマホを見てわざとらしく驚いた顔をする綾城を睨むと、彼はにたりと笑う。

「最後に声を聞きたい相手くらいいると思ってね。君はこれからレッド・ヒートを投与されて、心不全を起こすまで僕たちにいたぶられる。でもつらいばかりじゃ、すぐに死にたくなっちゃうだろ？　それではつまらない。死にたくないな、生きて帰りたいな、と生に縋っている獲物の方が、狩るのが楽しいからね——おっと、タイムリーに着信が入ったよ」

無邪気な顔で綾城が向けて来た画面には、愛しい男の名前が表示されている。

「下手なことを言ったら、その瞬間に君を殺すよ。で、この『昂希』くんのことも必ず殺す」

そう言いながら、彼は白い指先で通話ボタンを押した。すぐ傍でマサがいつでも恭を撃てるよう、銃を構えている。

『ちょっとなんで帰ったらいないの？　防犯装置も直してもらったし、俺、完全にやる気満々だったんだけど』

開口一番の不貞腐れた声に愛しさが募《つの》り、涙が滲みそうになる。

「ごめん、ちょっと用事を思い出したんだ」

『はぁ!?　あんた、フラグ破壊神にも程があるだろ！　で、何、捜査？　俺はどこに行けばいい？』

文句を言いながらも駆けつけようとしてくれる彼は、誰より優しい。

「いや、すぐに済むから家で待っててくれ」

『……一人で平気なわけ？』

「もちろん、問題ない」

昂希は嘘を察知するのが得意だ。この電話も嘘だと気付いて通報してくれるのではないか——一瞬希望を抱きかけた恭だが、すぐにかぶりを振った。

昂希は恭の顔が好き過ぎて嘘を見抜けないと言っていたが、そもそもの最低条件として、相手の顔を見ないと嘘に気付けない。声だけでは彼の勘が発揮《はっき》できないのは確実だ。

「またあとで」

恭が言い終わるとすぐに、綾城は終話ボタンをタップした。何気ない仕草なのに、まるで二人の縁《えにし》まで断ち切られたかのような気持ちに陥《おちい》る。

――もう、俺は生きて昂希に会うことはできないのかな。

万が一、昂希が違和感を抱いたとしても、恭がどこにいるのかの手掛かりはない。大熊に捜索を依頼してくれるかもしれないが、彼は今夜絶対にしくじれない大捕り物があると言っていた。

大熊は組織の人間だ。誘拐の決定的な証拠がない限りは、彼一人の判断でこちらを優先して動いてくれる可能性は低い。

ただでさえ先日のドラッグパーティーが空振りでこちらの情報の信頼性が低くなっている上に、恭はいつも無茶な捜査をしているのだ。

――最後に愛の言葉でも言えばよかったな。

自嘲《じちょう》気味に笑ったら、綾城に顎《あご》を蹴り上げられた。口内を血の味が満たしていく。

「ねえ、どうして自分がこんな目にって思ってる？　でも心当たりならあるよね？　最近僕の周りをちょろちょろしてるのも、二年前に僕の邪魔をしたのも君だろ」

口元だけ綺麗な弧を描く綾城の目は、侮蔑《ぶべつ》の色を浮かべて恭を見下ろしている。

「知ってると思うけど、二年前、僕はレッド・ヒートを見つけて広めたことによって、栗山組の中で頭角を現し始めていた。栗山組は薬物にはあまり積極的じゃなかったけど、僕の開拓したビジネスとしての可能性は無視できなかったんだ。当時の僕は組の中で昇りつめようと必死だったからね、つまらないところでケチがつかないよう販路拡大にも細心の注意を払っていた」

綾城は含み笑いをしてマサを横目で見た。そういえばあのとき恭が目を付けていた、優秀なアルファを集めた学生グループの一人に、体格のいい男がいた。

当時から綾城に心酔していたマサは、残虐《ざんぎゃく》で麗《うるわ》しい彼の手足となって動いていたという。

「もちろん捜査の矛先をこちらに向けないために、警察内部にスパイを置いて情報操作もしていたよ」

あっけらかんと言う綾城に、唇を噛み締める。そのスパイが真砂だったことは、言うまでもない。

絶望的な現状に加えて、かつての恋人兼エースの裏切りを思い出し、追い打ちで胸を抉られる。

「そんな中、一匹のネズミが僕たちに気付いた。誤情報を流して追い払おうとしても、しつこく追跡してくる。そいつが誰なのか特定できたらすぐにでも殺してやりたいのに、ドブネズミはなかなか隙を見せてこない」

スパイの真砂が流していた誤情報のせいで、多くの捜査官が騙《だま》された。恭も周りから何度も「その線はない」と言われ、自分の勘に従った捜査はすべて勤務時間外に単独で行っていた。単独だからこそそのリスク管理として、姿なき敵に隙を見せないように気を付けていたのは正解だった。

しかし、内部にスパイがいることは想定していなかった。恭の単独捜査に真砂は気付いていたはずだ。それにも拘《かか》わらず、彼らに恭の情報が流れなかったのは――。

「痺れを切らした僕は、スパイにネズミの情報を聞いたんだ。仲間を売るのは罪悪感があるだろうから、一躍時の人になれるレベルの見返りを用意してね。それなのに、そいつは拒否したよ。アルファばかりが昇進することに焦って僕たちの誘いに乗って、おかげで『組対のエース』なんて言われるようになったくせに、急に正義とは何たるかを説き出した。じゃあもういらないってことで、死んでもらったんだ」

忌々《いまいま》しげに眉間に皺を寄せる綾城の声が、なんだか遠くに聞こえる。

真砂は恭を売らなかった。恭や仲間をたくさん裏切ったけれど、最後は決して裏切らなかった。そして、彼は恭を売らなかったせいで命を落とした。

「あのときは君が本当に頑張ってくれちゃってたから、さすがに僕も一旦《いったん》退かざるを得なかった」

栗山組の中で昇りつめるという綾城の計画は頓挫《とんざ》した。そうなると、もともと薬物売買に消極的だった栗山のことが邪魔になってくる。

そこで綾城は栗山派の下っ端を使ってお役御免《ごめん》の真砂を始末したあと、被疑者死亡で終わらせるため実行犯も殺害し、現綾城会のメンバーで栗山本人とその派閥の幹部を暗殺した。

そしてほとぼりが冷めるまで地下に潜《もぐ》り、捜査の手が完全に遠ざかった頃合いを見計らって、仁も義もないアルファの優生思想のみでまとめあげられた半グレ集団・綾城会を正式に結成した。

雲隠れしたことになっている栗山組を隠れ蓑《みの》にされていたので、恭は栗山の亡霊を追うことになり、思うように捜査が進まなかったというわけだ。

「お前は……っ、お前は、人のことを道具としか思っていないのか……っ」

役に立たなかったら殺す、邪魔になったら殺す――そう口にする綾城の顔には、なんの感情も浮かんでいない。

怒りと悲しみでぐちゃぐちゃになった心で綾城を睨みつけると、彼は無言で恭の腹を蹴った。そのままげほげほと噎《む》せる恭の前髪を摑み、顔を上げさせる。

「君みたいな子の傷付いた顔は最高に甘美だね。もうすぐ僕たちに惨殺《ざんさつ》される命とはいえ、所有欲が刺激されてしまうよ」

残酷《ざんこく》に細められた瞳に、恭はぞっと背筋が寒くなる。

――こいつ、俺のうなじを噛む気だ。

後退りをしようとしたときには、すでに後頭部を押さえつけられていた。たとえもうすぐ殺される身だとしても、こんな外道のつがいになって死ぬのだけは嫌だ。

「嫌だ！　離せ……！」

必死で抵抗するも、呆気《あっけ》なく襟足の毛が避けられる。

「……っ」

ぎゅっと目を閉じたものの、予想していた刺激は来ない。おそるおそる瞼を開けた瞬間、後頭部から手を外されて横っ面《つら》を蹴られた。

痛い。痛いけど、うなじは嚙まれていない。

「ちっ……つがい持ちがチョーカーつけてんじゃねえよ。紛《まぎ》らわしい。興醒《きょうざ》めだ」

一瞬、彼の言っている意味がわからなかった。しかしすぐに恭は悟った。うなじに残るなんの効力もないただの傷跡が、自分を助けてくれたのだということに。

『これは俺が呉林を絶対守るって証だ』

あの日、恋人だったベータの彼が生真面目な顔で誓ってくれた声が脳裏に響いた。

守ってくれた。嘘も吐かれたし、憧れたエースは虚像だったけれど、この傷はたしかに恭を守ってくれた。

つがいの上書きはできないから、恭のうなじを嚙んでも意味がない。プライドの高い綾城は、他人の嚙み痕の上から惨《みじ》めに口を付けるなんて、絶対に御免《ごめん》だろう。

綾城はすっかり恭のうなじには興味を失くした様子で、マサにドラッグを持ってくるよう指示を出している。

「さて、これが君が追い求めていたレッド・ヒートだよ。赤くて綺麗でしょ。何度も蹴ってごめんね、痛いよね、悲しいよね。でも大丈夫。これを飲めば一気に天国に行けるから。いろんな意味でね」

背後からマサに無理やり口を開いた状態にさせられ、前からは綺麗な顔を悪辣《あくらつ》に歪めた綾城が赤い粒を近付けてくる。

これを口に入れられた瞬間、人生が終わる。必死に首を動かして顔を背《そむ》けるが、力では敵《かな》わない。

諦めかけて閉じた瞼の裏に浮かんだのは、「めんどくせぇ」と不満を垂れつつ恭の傍を離れずにいてくれた彼の不貞腐れた横顔――。

「恭ちゃん！　助けに来た！」

そのとき、裏口の扉越しに昂希の声が聞こえた。

「昂希！　ダメだ、逃げ――」

嬉しかったのは一瞬で、恭は形振《なりふ》り構わず叫んだ。

しかし恭が言い終わるより早く、綾城たち全員の鋭い視線が裏口に集中する。ほぼ同時に銃口がそちらを向き、彼らは一斉《いっせい》に射撃した。

わずか数秒で蜂の巣状態になった扉は蝶番《ちょうつがい》も破壊され、ぎしりと音を立てて死体のように倒れた。「仕留めた?」「俺、頭らへん狙《ねら》ったけど当たってる?」と誰が一番急所を撃ち抜けたか競うのを楽しむような会話に、恭は吐きそうになる。

「あ、あぁ……」

どうして彼を巻き込んでしまったんだろう。めんどくさがりのくせに、こんなところまで恭を助けに来てくれる優しい彼を失うくらいなら、出会わなければよかった。愛されなければよかった。

後悔と絶望が喉の奥からせり上がってくる。

「動くな」

不意に背後で、聞き慣れた気怠げなハスキーボイスが響いた。

信じられない気持ちで振り返った先には、十亀が改造した黒いキャップを被った昂希がフェイスシールド越しに綾城を見据え、まっすぐに銃口を向けている。

「……外に見張りがいたはずだが」

「全員眠ってもらったよ」

「何? あいつらは全員、武闘派で成り上がってきたやつらだぞ!?」

「俺にかかれば、あんなやつら○・五秒もあれば十分なんだわ」

首の骨をパキパキと鳴らしながら飄々《ひょうひょう》と言ってのけた昂希に、幹部たちがどよめく。

「昂希……！　どうして――」

あの電話でのわずかなやりとりから、昂希は恭の身に何か起きたことを察知して、そのうえ居場所まで突き止めてくれた。

「絶対やばいことになってるって確信があったから、心当たりのあるやつを脅《おど》して、こいつらがいそうな場所をありったけ吐かせた。一件目で当たってよかったよ。やっぱ俺って天才ギャンブラーだな」

彼を見つめる恭の横で、綾城が訝しげに眉を寄せている。

「……なぜ君はあの短い通話でこの状況に気付いたのかな」

「あんたら、その人のめんどくささを舐めてんだろ。いいか、よく聞け。恭ちゃんが『問題ない』って言うときは大体、大問題なんだよ！」

昂希は怒り心頭の様子で叫んだ。

「乱闘騒ぎがあった翌日にクラブの様子を見に行くって言ったときも、捕まったり襲われたりしても俺なら逃げれるとかアホみたいな屁理屈捏《こ》ねたときも、ヒート中に捜査に行こうとしたときも、真砂の裏切りが発覚して暴走するほど狼狽《うろた》えてたときも、『問題ない』って言ってたの忘れてないからな！　で、なんだよこの状況、大問題の記録更新してんじゃねえよ！　厄介の申し子かあんたは！」

「ご、ごめん」

この期に及んで叱《しか》られるとは思わず、つい普通に謝ってしまった。綾城もポカンとした顔をしていたが、すぐに気を取り直して余裕の笑みで昂希を見据えた。

「それで、ここからどうするつもりかな？　見たところ君一人のようだね。僕を撃つかい？　でも僕を撃ったら、ここにいる優秀な部下が君と彼を撃ち殺すよ」

悔しいが綾城の言う通りだ。膠着《こうちゃく》状態に持ち込んで時間を稼《かせ》ぐことはできるけれど、このままでは脱出できない。

――それに昂希が持ってるのは、俺の両親が作ったおもちゃの銃だ……！

引き金を引いたら最後、おたんじょうびおめでとうの旗が出てきてしまう。

幸い見た目はほぼ本物なのでバレてはいないが、武器としては致命的だ。鈍器にはなるかもしれないが、この状況では現実的ではない。

「応援もすぐに駆けつける。ヘリも要請《ようせい》した。数十人の機動隊に囲まれたら、あんたら終わりだぜ」

昂希は平然としたふうを装っているが、若干話を盛りすぎだ。そんな準備が整っているなら、昂希が一人で乗り込んでくる必要がない。

綾城も気付いているのだろう。中性的な顔に冷笑を浮かべている。

――どうする。昂希だけでも逃がさなきゃ。

冷たい汗が背筋を伝う。下を向き、コンクリートの床を眺めながら、恭は必死に思考を巡らせる。

今現在、素っ裸の恭が持つ武器は、奥歯に仕込んだ超小型閃光弾とフェロモンだけだ。

フェロモンを全開にすれば、ここにいる全員に軽い眩暈くらいは起こさせることができる。

しかし人数が多く密着もできないので、気絶には至らない。

一瞬の隙を突いて、閃光弾を吐き出して昴希のもとに飛ばすのはどうか。硬さだけは折り紙付きのおもちゃの銃で外殻を砕《くだ》いてくれれば、綾城たちを目くらましできる。

でも、もし銃を乱射されたら――。目が見えなくても出口に向かって発砲することくらい、彼らならできる。その可能性を考えると迂闊《うかつ》に動けない。

どうにかして彼らの銃を奪いたいが、恭は拘束《こうそく》されているし、そうでなくても武装したアルファたちが相手では分が悪い。

――俺がなんとかしなきゃいけないのに。

ぐっと唇を噛み締めた恭の前方から、わざとらしい溜息が聞こえた。

「はぁ……あんた、また一人でめんどくさいこと考えてんだろ」

ハッとして前を見ると、大好きな彼と目が合った。そこでようやく、恭は気付いた。

――違う、俺たちでなんとかするんだ。

ずっと一人で戦っているような気になっていた。でも――と恭は自分自身に問いかける。

――本当に俺はずっと一人だった？

今まさに綾城たちの動きを止めているおもちゃの銃は、今は亡き両親が幼い恭のために作ってくれたものだ。

さっき綾城に噛まれかけたうなじを守ってくれたのは、在《あ》りし日の真砂の約束だ。

そして恭を大切にすると誓った目の前の愛しい男は、恭の面倒な性格を把握《はあく》しているからこそピンチに気付き、この場に単身乗り込んできてくれた。

自分は、最初から一人ではなかった。過去と現在に関わった全てのかけがえのない人たちに守られ、生かされている。

――俺は、昂希と一緒に生きていきたい……！

絡み合った互いの視線から、熱い何かが伝わってくる。それは恭の身体を駆け巡《めぐ》り、弱気になっていた心を奮《ふる》い立《た》たせる。

覚悟が決まると気力が漲《みなぎ》り、思考もクリアになった。

「恭ちゃん、反省してよ。廃工場で銃を向け合ってタマの取り合いとか、そんなダセェこと人生でやる羽目になるとは思わなかったわ。――古臭い映画のクライマックスじゃねえんだから」

「――――！」

にやりと笑った昂希に、反応したのは恭だけだった。

『……いや、やりすぎだろ。古臭い映画のクライマックスじゃねえんだから』

彼と初めて会った翌日――恭の家に居候することになった彼に、十亀の作った防犯装置を披《ひ》露《ろう》したとき、彼は呆れ顔でそう言っていた。

考えるより早く、恭はフェロモンを全開で放出した。周りの男たちが急な眩暈に呻いた隙に、口の中の閃光弾を勢いよく昂希の足元に飛ばす。フェロモンガードのキャップのおかげで一人だけ無事な昂希は、すぐさま右手に持った銃を振りかぶる。

恭がぎゅっと目を閉じた直後、彼がその外殻を破壊し、永久歯サイズのそれから爆発的な光が放出される。

「ぐっ……、くそ!」

目元を押さえながらも銃を構えようとする一団のあいだを、恭は必死ですり抜ける。昂希が左手でコートのポケットから手の平サイズの箱型の機械を取り出して床に置く。修理したばかりの防犯装置だ。

素早くスマホを操作した彼の指先が、防犯装置と連動しているアプリの「テスト」ボタンをタップした。

瞬間、部屋中にババババババというヘリコプターの飛行音と大勢の足音、「武器を置いて手を上げろ! お前は完全に包囲されている」という音声がものすごい臨場感で流れた。

4Dの映画にインスピレーションを受けた十亀渾身《こんしん》の、ヘリや足音の振動まで再現したクオリティに、閃光で視力を奪われている綾城たちは半ば混乱した様子で武器を手放す。

恭はそれを横目に見ながら昂希の胸に飛び込み、彼に抱えられて全速力で出口へと向かった。

外に出てすぐのところに、屈強な男が五人、うつ伏せで倒れている。

「あれ全員、昂希が倒したのか？　――あっ」

思わず尋ねてから、男たちの近くの水たまりにファンシーな瓶が転がっているのを発見した。

「俺にそんな戦闘力があるわけないだろ。十亀のじいさんに貰ったあの危険物、ひと瓶まるごと水たまりにぶん投げたら〇・五秒で全員寝てさ、まじでちょっとしたテロになったわ。ほんと何が入ってんだろうな」

そこは気にしないことにしよう、と恭は熟睡《じゅくすい》する五人については見て見ぬ振りを決め込むことにする。

昂希のコートに包まれた恭が路肩に停められていたバイクの後部座席に座ったところで、包囲網が嘘だと気付いた綾城たちが飛び出してきた。

当てずっぽうで撃たれるか、逃げ切れるか。不安が頭を過る。

「こっちだ！」

不意に大熊の声が聞こえ、組対の刑事たちと大量の機動隊がなだれ込んできた。見覚えのあるかつての仲間の顔もあれば、まったく見たことのない面子《メンツ》もいる。

今夜は別件での大捕り物があったのではないかとか、どうやってこの短時間でこんな大所帯を要請《ようせい》したんだとか、問い質《ただ》したいことはたくさんあったけれど、そんな暇もなく恭たちは別の捜査員に即座に保護されたのだった。

# 7

そこからはあっという間だった。大熊《おおくま》たちは一瞬で綾城《あやしろ》一同を拘束し、恭《きょう》はすぐさま病院へ搬送《はんそう》された。

華奢な見た目よりだいぶ頑丈《がんじょう》なこともあり、幸い大きな怪我はなかった恭は、数ヵ所の打撲《だぼく》を治療されたあと、昂希《こうき》と二人で警察の聴取を受けて帰宅した。

もう二度と生きて帰っては来れないと覚悟した家のリビングのソファで、昂希の肩に凭《もた》れて座る。

柔らかいソファに尻が沈んだら、ようやく無事に生還できたのだという実感が湧いてきた。

「……来てくれるとは思わなかった。というか、あまり無茶しないでくれ。俺の居場所を知るためにあいつらの関係者を脅すなんて危険すぎる。反撃されたらどうするんだ。それに裏口から声がしたとき、昂希が蜂の巣になったと思って生きた心地がしなかった」

気が緩んだ途端、あのときの絶望がぶり返してきて、恭はぐすっと鼻を啜《すす》った。

「はあぁ!?　あんたにだけは無茶について指摘されたくないんだけど」

思わず立ち上がりかけた昂希は、溜息を吐《つ》いて腰を下ろした。戻って来た彼の肩に、恭は再びぴったりとくっつく。

「それに脅した相手はルカだよ。あいつが嘘吐いてるのはわかってたけど、嘘の内容まではわからないって言っただろ。でもあんたの身に何か起きてるって思ったら、もう脳みそフル回転になって……」

そこでふと、真砂《まさご》が栗山組《くりやまぐみ》の取引日に、注意を逸らすために別の組のがさ入れを行っていたという話を思い出し、ルカのタレコミも同じなのではないかと思い至った。

彼がいるときに話題にしたドラッグパーティーも、恭が口走った言葉から情報が洩《も》れていることを悟ったルカが綾城会の人間に申告したのだとしたら、あの空振りも頷ける。

「で、綾城会と繋がってるってことは、運び屋とか何かしらの役割で関与してるはずだろ。ルカがオメガキャバに毎日出勤してるわけではないわりに羽振りがいいことと合わせて考えて、俺は多分クスリをくすねたりしてるんだろうなと当たりを付けた。そんで『あんたのやってることを綾城会にばらす』ってハッタリかましたら、ありったけ情報吐いてくれたってわけ」

ルカはおそらく綾城会の報復を恐れて、もう姿を消している頃だろう。

「あとはもう、ルカの吐いた場所を片っ端から回らなきゃと思って、テンパってとにかく目に付いたものを持って家を出たんだよ。……あんたがテーブルに置きっぱなしにしてくれてたファンシーな危険物と防犯装置の予備もね」

一件目で見事当たりを引き当てた昂希は、まず見張りの男たちを例の秒速睡眠薬で眠らせた。

そして「助けに来た」という声をその場で録音した予備の防犯装置を裏口に設置してアプリ

で発動させ、全員の意識がそちらに向いたタイミングで銃声に紛れて正面口から入ってきたのだという。

「ぶっちゃけ、十亀《とがめ》のじいさんのグッズがなかったらやばかったかもな」

頭を掻いて笑う彼に、恭も黙って頷いた。

毎日恭の顔を見に店に来ては、他愛《たわい》ない話をしたり発明品をくれたりする十亀も、今の恭を支える大切な存在の一人だ。

——それにしたって、無茶しすぎだ……。

昂希は無謀《むぼう》にも旗しか出ないおもちゃの銃を片手に、恭をただ救うためだけに飛び込んできてくれた。彼を失っていたらという恐怖と、危険を冒して助けに来てくれたことへの愛しさが溢れ、恭はたまらず彼に抱きついた。

「怖かった」

「あんたからそんな普通の言葉を聞ける日が来るとはね」

「昂希がいなくなってしまったらと考えたら、本当に怖かった……」

「……俺の気持ちがわかったか」

涙をぽろぽろ流して縋《すが》る恭を、昂希は笑いながら抱き締め返してくれる。

「俺はずっと、一人で戦っている気になってたんだ。過去に俺を大事にしてくれた人たちや、今傍にいてくれる人たちのことを考える余裕がなくて、心のどこかで、一人で戦って一人で死ねばいいと思ってたのかもしれない」

でも、そうではないと気付くことができた。あの絶体絶命の中、大切な彼らの顔が頭を過《よぎ》り、生きて幸せになる覚悟が決まった。

「昂希、好きだ。ずっと俺の傍にいて、俺と一緒に生きてくれ」

彼の胸元から顔を上げて視線を合わせ、まっすぐに気持ちを伝える。

「……っ、その言葉が聞きたかった」

わずかに顔を歪めた昂希は、恭の唇を何度か啄《ついば》んだあと、噛みつくようなキスをした。後頭部を大きな手で押さえられ、逃さないとばかりに舌を絡められる。酸欠で頭がぼんやりしてきた頃、ようやく恭の唇を解放した彼は、蕩《とろ》けた顔で笑った。

「俺は自他共に認める面食いだけど、たとえ見た目がドストライクとはいえ、こんなにくそめんどくさい性格も込みで、本気で誰かを愛したのは初めてだよ」

出会った日に言われた言葉と少し似ているけれど、全然違う。恭も、昂希も、かけがえのない愛情を見つけたから。

「昂希――」

彼の背中に腕を回して自らキスをねだる恭を、昂希は愛おしそうに目を細めて、ソファに押し倒した。

唇を食い尽くされ、たまに額を合わせて見つめ合いながら、互いに服を脱がせていく。衣服が床に落ち、肌の触れ合う箇所が増えるたび、愛おしげな視線が絡まる。

首元で躊躇《ちゅうちょ》した彼の手を、恭はそっと包んでチョーカーを外させた。一瞬目を見開いた彼は、露《あら》わになった恭の首筋を宝物のように撫でてくれた。

完全に生まれたままの姿になると、昂希は傷だらけの恭の身体を見てわずかに眉間に皺を寄せた。

「……もう一生、こんな怪我させねえし、すんなよ」

昂希は低く唸り、まだ生々しい痣《あざ》と馴染んだ古傷を慰撫するように、唇を落としていく。恭の受けた痛みを吸い上げているかのごとく苦しそうな顔をする彼に、心の奥がずきずきした。

——怪我をしたときより、昂希の苦しい顔を見る方がつらいな。

猪突猛進は長所でもあったけれど、ここ数年、少し自分をないがしろにしすぎていたのかもしれない。

「もう痛くないから、そんな顔をしないでくれ。それに、これからは昂希が大事にしてくれる俺を、俺自身も大事にしていくよ。俺は二人の幸せな未来に猛進することにしたから」

傷んだ金髪を撫で、恭は潤んだ目元を緩めて愛しい男を見つめる。一つ一つの傷に丁寧に口付けた昂希は、恭の瞼にもキスを贈り、くしゃっと笑った。

子どもみたいな笑顔を見て、恭は綾城たちに攫《さら》われる前に告白されたときのことをふと思い出した。

あのとき心配させたことを謝り彼への好意を伝えた恭に、彼は「返事としては及第点」と言っていた。

彼は恭から謝罪を受けたり好意をもらったりすること以上に、恭が自分自身を大事にして、未来に生きたいと思えるようになることを待ち望んでくれていたのだ。

心配して怒ってくれる彼の優しさはわかっていたつもりだけど、本質を理解できていなかった。今になって彼の深い愛を実感し、胸が締め付けられる。

「昂希、昂希」

ありったけの愛と感謝を伝えたくて、でも言葉にならなかったので、世界で一番愛しい名前にすべてを込めて何度も呼ぶ。彼を抱き締めて頬を擦り寄せ、素肌を密着させる。

「恭ちゃん、打撲のとこほんとに平気？」

「平気だよ。医者も俺の頑丈さに驚いてたけど、全然なんともないんだ。それより今は、昂希ともっと愛し合いたい。昂希だって、くっついてるだけじゃ物足りないだろ？」

ぶっきらぼうなくせに心配性な彼と一つになりたくて上目遣いで見つめると、彼はうぐっと呻いた。

「……今日は途中で気絶してやらねえからな。痛かったら言えよ」

「ん」

素直に返事をした恭の頬を食《は》んだ後、彼は耳朶《じだ》を甘噛みし始めた。息遣いをダイレクトに感じて震えると、舌が耳の中に侵入してくる。くちゅ、と卑猥《ひわい》な水音が脳内に響き、身体が徐々に熱くなっていく。

鎖骨《さこつ》を辿《たど》るように撫でていた彼の指が、胸元に降りてくる。耳を犯されただけでつんと尖った胸の飾りを弾かれるたび、快楽が下腹に溜まっていく。

鼻腔《びこう》に甘い匂いを感じ、恭は頬を赤らめた。軽く愛撫されただけでフェロモンの淫靡《いんび》な香りを漏らしている自分に羞恥《しゅうち》を覚える。

「恭ちゃん、気持ちいい？」

「……っ」

恥ずかしくて硬直していたら、彼は小さく噴き出した。

「あんた、誘うまでは上手いのに、ほんとそういうとこ可愛いな」

くつくつと揺れる肩を恨めしげに噛んでやると、相好《そうごう》を崩した彼にぎゅっと抱き締められる。

「俺もすげえ興奮してるよ。わかる？」

互いの首筋に顔を埋めるような格好になり、ようやくこの芳香が自分だけでなく、昂希のフェロモンも混じったものだと気付いた。彼も自分に触れて昂《たかぶ》ってくれているとわかり、羞恥で固まっていた身体が解《ほぐ》れていく。

愛しい人の匂いを夢中になって嗅《か》いでいたら、途中でくすぐったいと笑われた。

「恭ちゃんは戦闘力は俺よりあるしメンタルも猪《いのしし》だけど、世界中の誰より可愛いから大丈夫だよ。だから安心して気持ちよくなって」

額にちゅっと慈《いつく》しみのキスをくれた昂希は、恭の胸の果実を甘噛みしながら後孔《こうこう》の周りを指で撫でる。すでに今までの刺激で潤っているそこは難なく彼の指を受け入れ、内側の襞《ひだ》は喜んでまとわりついた。

「あ……っ」

中で指が蠢くのを感じ、恭はぶるっと身を震わせる。

「あぁ、ほんと可愛い。全身で俺のこと好きって言ってくれてるみたい」

嬌声を上げかけて躊躇した恭の唇を割って、彼の舌が入ってきた。それから彼は、紅潮する頬も、赤く熟《う》れた乳首《ちくび》も、とろとろと先走りに濡れる屹立《きつりつ》も、はしたなく彼の指を食いしめる蕾《つぼみ》も――すべてが可愛いと言っては、唇や指先で愛撫していく。

「あ……、んっ、や、やぁ……っ」

彼に触れられたところから溶け出してしまいそうな煮えたぎった愛情を、執拗《しつよう》なくらい身体中に塗り込められる。皮膚《ひふ》がすべて性感帯になったみたいに熱くなり、快楽が押し寄せてくる。もう許してと身を捩《よじ》ったら腰に手を添えられて、ぐしょぐしょになった後孔に彼の剛直《ごうちょく》を突き立てられた。

「あ、あぁ――」

気付いたときには、腹に自身の吐き出した精液が散っていた。達したばかりの秘所は、彼の性器を咥《くわ》えたままひくひくと痙攣《けいれん》する。

「可愛いよ、恭ちゃん。すげえ可愛い。もっと可愛いとこ見せて」

恭の腹の白濁《はくだく》を指で掬《すく》い、ぺろりと舐めた昂希が、軽く腰をグラインドさせる。敏感になった襞が擦られる刺激だけで、頭が真っ白になりそうだ。

「や、やだ、待って」

これ以上されたら戻ってこられないような快楽の淵《ふち》で必死に首を横に振るが、彼は恭の胸に吸い付き、残酷《ざんこく》なくらい最奥《さいおう》をぐりぐりと抉った。

「あぁっ」

どぼん、と愛と快楽の海に沈んだ感覚がした。極まりっぱなしの性器から、とろっと精が漏れる。

わけがわからないまま喘《あえ》いでいるうちに、容赦《ようしゃ》なく自身を扱かれ、恭はしどけない姿を晒《さら》した。

「昂希、昂希……っ」

激しい抽挿《ちゅうそう》に何度も意識が飛びかけ、生理的な涙が頬を濡らしていく。彼の背中に爪を立ててしがみつき、譫言《うわごと》のように愛しい人の名を呼ぶと、返事の代わりに甘ったるいキスが降ってきた。

「昂希」

「なに、恭ちゃん――」

息の上がった彼の声を聞きながら、恭は汗だくの身を起こす。繋がったまま身体の向きをうつ伏せに変えてうなじを晒すと、背後で小さく息を呑む気配がした。

すべてを捧《ささ》げたいと思った。恭のめんどくさいところも、淫《みだ》らに快楽を求めるオメガの性も、ありのままを愛してくれる昂希に、自分の身すべてを明け渡したいと、そう思った。

「もし昂希さえよければ、俺と――」

つがいに、と言い終える前に、うなじに鋭い痛みが走った。かつて真砂の付けてくれた、まごとのような噛み痕の上を、より深く昂希の犬歯が貫いていく。

そういえば『待て』や『よし』が効く飼い犬ではないと以前言っていたな――朦朧とする頭の片隅を、同居を始めたばかりの記憶が過り、その懐かしさすら愛しく感じた。

「あ、あ……っ、昂希……！」

「恭ちゃん、好きだ、一生大切にするよ、恭ちゃん……っ」

余裕のない声で、彼は必死に腰を打ちつけてくる。がくがくと揺さぶられた恭はソファから転げ落ちそうになりながらも、昂希に後ろから苦しいほど抱き締められ、死んでも離してたまるかとばかりにうなじに歯を立てられる。

切羽《せっぱ》詰まった彼の吐息が首筋にかかった直後、幸福な痛みと溺《おぼ》れるような官能の狭間で、腹の奥に熱い飛沫《ひまつ》を感じた。

「恭ちゃん……っ」

「――っ」

もう何度目ともわからない、身体の芯が溶けてなくなってしまいそうな絶頂の波に飲み込まれ、恭は声もなく果てた。

余韻《よいん》に震える身体をソファに投げ出したまま、落ちてくる瞼に抗《あらが》えず、次第に意識が遠ざかる。

心地よい微睡《まどろ》みの中を揺蕩《たゆた》う恭のうなじに、不意に湿った感触がした。

「ん……?」

顔の向きを変えて視線だけそちらにやると、つい先ほどまで獣のごとくそこに噛みついていた男が、やりすぎたことを反省した犬のようにぺろぺろと舐めている。

きっと情事の後処理も、明日動けないであろう恭の世話も、自称めんどくさがりで本当は優しい彼は率先してやってくれるんだろうなと思ったらなんだかおかしくて、恭はくふっと笑いながら眠りに落ちた。

## 8

数日後、珍しく大熊《おおくま》が朝一で店にやって来た。

いつも通りアイスコーヒーを二杯注文した彼は、まだ客が一人もいない店内を見回し、やはりカウンター右端の指定席に腰かける。

「呉林《くればやし》、怪我の具合はもういいのか」

恭《きょう》の全身を眺めた大熊は、チョーカーのない首元に視線をやると、強面の目元を緩ませた。跳ね返り娘の結婚に安堵する父親のような眼差《まなざ》しに、昂希《こうき》と二人して照れくさくなって、もぞもぞしてしまった。

「今日はご祝儀の用意がなくて悪いな」

揶揄うように言いつつ心底嬉しそうな顔をした大熊は、一杯目のコーヒーを飲み干してから、綾城会《あやしろかい》の取り調べが順調に進んでいる旨《むね》を教えてくれた。

「それにしても綾城会の頭と幹部を一網打尽《いちもうだじん》なんて、大熊も昇進しちゃうんじゃないか？」

おまけのクッキーを皿に二枚載せてやりながら、恭もカウンター席に座った。昂希もとことこついてきて、恭の隣に腰を下ろす。懐いてんな、と大熊の目が笑っている。

「今回の件で組対全体《そたい》の評価は上がったが、俺自身は昇進どころか、ルカに誤誘導されてた件で結構詰められたからな。そう上手くはいかねぇよ」

肩を竦めて苦笑する大熊の表情は、言葉のわりに意外とすっきりしている。

「手柄《てがら》を上げて早く発言力を付けようと焦った俺の落ち度だ、仕方ない。呉林にも迷惑かけたな。ドラッグパーティーの情報も正しかったのに、台無しにして悪かった」

自分の非を真っ向から受け止めて頭を下げる彼は、一緒に働いていた頃と変わっていなかった。

大熊もこの二年間、彼なりのやり方で、真砂《まさご》の敵討ちをしようとしていたのだ。恭が組織に属することを辞めて単独で駆け回っていたように、大熊は警察内での立場を上げて栗山組《くりやまぐみ》の捜査を再開に持って行こうと藻掻《もが》いていた。

どちらも少しずつ空回っていたけれど、向いていた方向は同じだった。大切な戦友と労《いたわ》りの表情で笑い合い、また一つ肩の荷が下りた気がした。

「しかし大熊があんな大所帯で来てくれるとは思わなかったぞ。別件の大捕り物の方はよかったのか？　まあ全方位を捜査員でがっしり固めたおかげで、やつらは逃げる隙も証拠隠滅《いんめつ》する隙もなかったわけだから結果オーライだけど、よく上を説得できたな」

「あー、それについては、そこにいる柳《やなぎ》商事の元ご子息さまのおかげだな」

ただでさえ強面《こわもて》の顔が、にやりと笑ったせいで凶悪になった大熊の視線を辿ると、昂希が顔を顰《しか》めていた。

「……調べてんじゃねーよ熊野郎」

「おい、どういうことだ。柳商事って大手総合商社じゃないか！」

まさか本当に第一印象の通りの「血統書付きの野良犬」だったとは。恭に胸倉を摑んで揺さぶられた彼は、渋々口を開いた。

「別に、俺が何をしたってわけじゃないって。前に話した通り、イキってるやつぶん殴って高校中退してから、完全に実家から縁を切られてるし」

　ところがその高校というのが、上流家庭のアルファだけが通える名門校だった。

　イキってるやつ――正確には、平然と陰湿ないじめをする財閥《ざいばつ》の息子――の取り巻きにならなければ自分の地位すら保てない環境で、そんなくだらないものに神経を使ってまで、いわゆる「成功者」を目指して頑張らなくてはいけないことに、昂希はある日突然疲れてしまったらしい。

「でもどう足掻《あが》いても親は敷かれたレールの上を歩かせたがるし、だったら強制退場しかねえなと思って、そいつのこと殴って、ついでにズボンも下ろして逃走したんだわ」

　幼少期からエリートコースに進むためにあらゆる自由を抑えつけられて育った昂希は、どうせ何をやっても変わらないという諦念《ていねん》が先立って、環境を変えようとする気持ちも絶えていた。とはいえ、そのままレールにしがみついているのだけはどうしても嫌で、高校生だった昂希は早々に脱落の道を選んだという。

　出会った頃の彼に情熱や上昇志向が極端になかったり、一生懸命頑張ることを嫌っていたのも、彼の潜在意識の中に「上を目指す＝他人を蹴落とす」という擦りこみがあったからなのかもしれない。

　恭自身を尊重してくれた両親の話をしたときに、ほんの少し羨ましそうな顔をした彼の心情が、ようやく理解できた。

「結果、そのイキリ野郎はちょっとだけ静かになって、俺はめでたく退学。ついでに親からも勘当されたってわけ。ただ、なぜかそいつにいじめられてたやつが感銘《かんめい》を受けたとかで『僕は変わる、この学校も変える、いつか社会も変える！』とか叫びながらメアド渡してきてさ。これだよ」

彼のスマホに表示された tsurutsuruno から始まるアドレスには見覚えがあった。

「つ、ツルツルの恩返し……！」

このアドレスは君専用だから困ったことがあったらメールしてくれ、約束は必ず守る——当時いじめられっ子だった庭野立《にわのたつる》は、昂希にそう宣誓《せんせい》したという。

たぬき顔の彼のフルネームから夕抜き、つまり「た」を抜くと、たしかに「二羽の鶴」で「ツルツル」になる。センスは最悪だが恩返しのためのアドレスとしては適切かもしれない。

「街で選挙ポスター見るまで存在すら忘れてたんだけど、ポスターにも『約束は守ります！』って書いてあったし、恭ちゃんは攫《さら》われちゃったし……廃工場に向かいながらイチかバチかで捜査員を速攻で動かしてほしいって連絡したら、思った以上に頑張ってくれたみたい。本人は若手だけどベテラン議員との結びつきも強いやり手らしいし、コネも相当あったのかもね」

昂希は庭野と特別仲がよかったわけではないが、現在政界で躍進中の庭野の立場を不確かな情報で危うくしてしまう可能性も考慮して無駄打ちは控え、あくまで切り札として使うつもりでいたという。

多分彼のこういうちょっとした気遣いに、若き日の庭野は感銘を受けていたのではないだろうか。

「そうだったのか……！　じゃあ、もしかして『パイパン天国』の方のアドレスにもすごいエピソードが――」

期待に満ちた眼差しで見つめると、昂希は気まずそうに目を逸らした。これについてはあとで問い質そうと思う。

「まあ、旦那の取り調べは呉林に任せるとして――真砂さんのこともあれからさらに調べたが、やはり栗山組のスパイだった。彼は綾城たちに協力する代わりに得た情報でエース級の活躍をするようになった」

一瞬苦しそうな顔で俯いた大熊だが、すっと息を吸って顔を上げてから、改めて恭を見据えた。

「でも、呉林のことは売らなかった。それはお前を守るためってのもあっただろうけど、オメガでありながら根性で刑事になって、一直線に正しいと思った方向に突っ走るお前を見ているうちに、真砂さんも自分の正義を取り戻したんだと俺は思う。過《あやま》ちを償《つぐな》う覚悟で、彼は最期《さいご》の最期に正義を貫き通した」

力強い声で断言した大熊は、反論は認めないとでも言うように、少し多めの代金をカウンターに置いて店を出て行った。二人で彼を見送り、店に小さな沈黙が落ちる。

大熊の言葉は、恭が自分を責めないようにという配慮と、あの頃彼自身も憧れたエースの最期に対する願いが含まれているようで、胸が詰まった。

アルファだけが優遇され、ベータやオメガは期待すらしてもらえない社会が、今もたしかに存在する。そんな不平等な社会の中で生まれた、被害者であり加害者でもある真砂のような人間はきっとたくさんいるだろう。

彼が最期に正義を取り戻したのだとしても、それまでに綾城に唆《そそのか》されて行ってきたことは許されることではない。そもそも大熊の推察自体、真砂亡き今、あくまで想像や願望の域を出ない。

それでも——と複雑な痛みが寄せては返す胸に恭が手を当てると、その手を大きな手がそっと包んだ。

「めんどくさいこと考えてるのはわかるよ。現実はそう単純じゃないしね。けど真砂と過ごした幸せな時間があったのも事実なんだろ。ちゃんといい相棒だったり、いい恋人だったときのことまで否定しなくていいんじゃねえの」

そっぽを向いたままぶっきらぼうに話す昴希に、恭は勢いよく抱きついた。滲んだ涙が数滴、彼の胸元に吸い込まれた。

恭は深呼吸を繰り返し、大好きな匂いで肺を満たす。

「めんどくさくてごめん。でも、そうだな。全部を否定しなくてもいいよな……ありがとう。そう思えるのは昂希のおかげだ」

顔を上げて微笑みかけると、鼻先にキスを落とされた。名残惜しげに少しだけ彼にすりすりしたあと、恭はパッと身を離して凛々しい表情で腕まくりをする。

「さて、そろそろ十亀《とがめ》さんが就寝前のモーニングを食べに来る時間だ。昂希の嫌いな労働が始まるぞ」

背筋を伸ばしてすっかり通常運転に戻った恭に、昂希は「うげぇ」と顔を顰めた。

しかし本気で嫌がっているわけではないことはわかる。綾城会が壊滅し、危険がなくなってからも、彼はギャンブルの世界に戻る気配はない。

むしろ「もう捜査で時間取られなくなったのに、この営業時間のままでいいわけ？」「盛り付けはもっと『映《ば》え』を意識しないとやってけないよ」などと小言調で的確な指摘をしては、ミライエの経営を改善しようとしてくれている。

「……出会った当初は『こつこつ働くのとかめんどくさくて無理』とか言ってたわりに、頑張ってくれてるじゃないか」

つい彼の変化が嬉しくて零すと、彼は不貞腐《ふてくさ》れたように口を尖らせた。

「別に今でもキラキラした夢や野望はないし、粉骨砕身とか一生懸命とか、そういうのも理解できないけど――でも案外みんな、ただ身近にいる大事な人を大事にするために、日々頑張ってるだけなのかもなって思ったから、俺もまあ、あんたと幸せになるために人生設計でも考えてみようと思い始めたっていうか？　何、なんか文句ある⁉」

最後なぜかキレ気味に言われ、恭がポカンとして見つめると、彼はばつが悪そうに大熊の使ったグラスを片付けだした。

「ちょっと恭ちゃん、ぼーっとしてないで真面目に働いてくださーい」

どう見ても照れ隠し全開の彼が可愛くて、恭は堪えきれずに噴き出した。

「何笑ってんの、ほっぺ抓《つね》るよ」

「ふふっ、ごめんごめん。そうだ、少し遅くなったけど、次の定休日は昂希の誕生日プレゼントを買いに行こうな」

「はいはい、お財布温めておいてよね」

シンクでスポンジを泡立てる彼の耳は、まだ少し赤い。

「昂希、昂希」

「もう、今度は何――」

彼に駆け寄った恭は背伸びをし、振り向いた愛しい唇にそっとキスをした。

MOGU MOGU
極甘アルファと
つがい生活始めました

# 1

「——あ、恭《きょう》ちゃん、そこのショップ」

昂希《こうき》が不意に恭の手を引いて、通りの一角にあるブランドショップに入った。モノクロで統一されたその店は彼のお気に入りらしく、餌《えさ》を求めて彷徨《さまよ》う犬のごとく店内をうろうろし始める。心なしかわくわく感の滲《にじ》む背中を見守っていると、彼は革製の財布を持って振り向いた。

「誕生日プレゼント、それがいいのか？」

恭は彼の手元に視線を落とし、それを指して確認する。

事件が解決して恭の気持ちの整理がついたら、ちゃんとした誕生日プレゼントを渡そうと約束したのは、少し前のことだった。そしてつい先日、綾城会《あやしろかい》を一網打尽《いちもうだじん》にしたことで恭の捜査は終幕を迎え、命懸《が》けで自分を救い出してくれた昂希にうなじを捧《ささ》げてつがいとなり——本日、待ちに待った終日オフの定休日に、彼のリクエストで都心のショッピングモールを訪れた。

大きな商業ビルは平日の昼間でも賑《にぎ》わっており、ウィンドウショッピングを楽しむ客がそこここをのんびりと歩いている。恭はあまりプライベートでこういう場所に遊びに来ることがないし、外出時は目的地に直行するタイプなので、いろんな意味で新鮮に感じる。

「うん、これ、かっこよくない？」

手渡された財布は上品だけどどこか尖《とが》ったデザインで、昂希によく似合う。実用性重視で頑《がん》丈《じょう》なら頑丈なほどいいと思っている恭だったら選ばない、いや、選べない逸品《いっぴん》だ。

——予算内で本人に選んでもらう形にして正解だったな。

ひそかに胸を撫《な》で下《お》ろしてレジへ向かい、ブランドロゴのついた紙袋に入れてもらったそれを昂希に渡す。

「少し遅くなったけど誕生日おめでとう、昂希」

初めて出会った日にクラブでの乱闘騒ぎに巻き込まれて財布を失《な》くして以来、ずっと安物の小銭《こぜに》入《い》れを渋々使っていた彼は、久々にちゃんとしたものを手にして本気で嬉しそうだ。「ありがとう恭ちゃん」という声も熱量が高く、年下らしさが滲んでいて少し可愛《かわい》い。

ご機嫌で退店した昂希はショップの袋を右手に持ち替えて、左手を恭に差し出した。

「ん」

指でちょいちょいと催促《さいそく》されて、恭はおずおずと彼の手を握《にぎ》る。歩きながらちらりと昂希の方を盗み見たら、彼は鼻歌でも歌い出しそうな顔で繋《つな》いだ手をゆらゆら揺らしている。そんなに財布が気に入ったのだろうか。

用事も済んだので帰るだけだと思ったものの、彼はエスカレーターに乗って別のフロアへと進んでいく。まだしばらくこのまま、施設内を見て回るつもりらしい。楽しいし、嬉しいけれど、少しそわそわしてしまう。

――まるでデートみたいだ……いや、まさしくデートなんだけど。

思えば自分たちは明確な交際期間がなく、救出劇のあとすぐにつがいになったので、こうして手を繋いで歩くのもまだ慣れないのだ。温かくて大きな手に包まれる感覚はどこか気恥ずかしいし、彼が絡ませた指をするりと撫《な》でてくるたびに、動揺して躓《つまず》きそうになる。

「――だからさ、せっかくだしそこの店寄って行かない？　って、恭ちゃん聞いてる？」

「あ、あぁ、ごめん。なんだっけ？」

繋がれた手に一人でもぞもぞしていた恭が彼の指す方向に視線を向けると、なんだかキラキラした店がある。寄りたいなら付き合うぞ――そう返事をしようとしたものの、恭の腹の虫が大きな音で空腹をお知らせしてきて、二人のあいだに沈黙が落ちた。

「……先に腹ごしらえしよっか」

「……悪いな。昼ご飯がちょっと物足りなくて」

口元をひくひくさせた昂希が、指を差す方向を同じフロアのカフェに変更したので、恭は片手で腹を擦《さす》りながら首を縦に振る。腹の虫に急《せ》かされて入った店内は落ち着いた雰囲気で、案内されたテーブル席も広々としていた。メニューブックもどこか高級感のあるレザー素材のカバーが掛かっている。

半端な時間ということもあり、おやつとしてケーキセットを二人分注文することにした。手持ち無沙汰《ぶさた》にメニューブックをぱらぱらと捲《めく》っていた昂希が、それをぱたんと閉じてこちらに向ける。

「っていうかさぁ、そろそろうちの店も新商品を考えようよ」

昂希は「めんどくせえ」が口癖《くちぐせ》のわりに、最近はミライエでばりばり働いており、経営にも積極的に携《たずさ》わってくれている。高校を中退するまでは英才教育を受けていたこともあり、彼は地頭《じあたま》もいいし器用で、なんだかんだ頼りになる。

「参考までに聞くけど、恭ちゃんは慣れ親しんだメニューみたいなのってある？」

「慣れ親しんだ……かつ丼《どん》とか？」

「取り調べじゃねえんだわ。なんかあるだろ、軽食とか甘いものとか」

「甘いもの……あっ、あんぱんとか」

「張り込みじゃねえっつうの！　もういい、あんたはちょっと黙ってて」

ジト目で睨《にら》まれた恭が口を噤《つぐ》むと、彼はメニューブックのケーキセットのページを広げてとんとんと指で叩く。

「うちの店のデザートメニューって最低限のものしかないだろ。あんまり増やすと手が回らなくなるけど、もう少し種類があってもいいと思うんだよ。実際、ランチタイム以降の集客は少ないじゃん。立地的に昼間は夫婦やカップルもわりと来そうなんだから、午後はまったりカフェデートができる感じにしてもよくない？」

タイミングよく二人分のホットコーヒーとともに、恭の前には苺《いちご》のタルトが、昂希の前には紅茶のシフォンケーキが置かれた。テーブルの上の華《はな》やかなスイーツたちが、ほらほらデザートっていいでしょ、と訴《うった》えてくる。

「まったりカフェデートか……それは盲点《もうてん》だったな……」

カフェを経営しているものの、早食い立ち食いの多い人生だったからその発想はなかった。そう呟くと、ものすごく残念な生き物を見るような視線を向けられた。

「……俺たちもカフェデート中なんだけど、わかってんの？」

「そ、そうか。そうだよな」

「さっきまではショッピングデートしてたって自覚もある？　買い物終わったあと、あんたが若干《じゃっかん》やり遂《と》げた顔でモールの出口に向かおうとしてたの知ってるからな。……ったく、デートだって浮かれてるの俺だけかよ」

昴希が拗《す》ねたように唇を尖らせる。どうやら彼が上機嫌だったのは、財布が気に入ったからだけではなく、恭とのデートに浮かれていたのもあったらしい。そう考えると胸の奥底から甘《あま》酸《ず》っぱいときめきが湧き上がって来て、恭は薄赤くなりながら頷いた。

「ちょっとウィンドウショッピングをする文化がなかっただけで、俺だって一応デートだとは思ってたぞ。……て、て、手も繋いだし」

「そこで照れちゃうところが可愛くてずるいんだよなぁ……。じゃあ、ほら。カフェデートの醍醐味《だいごみ》。『あーん』」

一口大の大きさにしてフォークに載せられた紅茶のシフォンケーキが、彼の手によって恭の口元に近付けられる。こそばゆさを感じながらぱくっと食いついたら、左手で頬杖をついた昂希が「どう？　うまい？」と笑った。心臓がきゅうっと変な音を立て、動悸《どうき》が襲ってくる。

「どうかした？」

「いや、ちょっとバイクで逃走する容疑者を走って追いかけたときのことを思い出した」

色気のないたとえだが、そのくらい心拍数の上昇が激しい。むしろあのときの全力疾走《しっそう》よりドキドキしているかもしれないと思いながら胸を押さえると、昂希がおそるおそる「ちなみにその犯人は」と聞いてくる。

「もちろん捕まえたさ」

「追いついたんだ……」

まあな、と答えつつ、恭は自分の半生を思い返す。刑事という仕事に夢中になって生きてきた代償《だいしょう》なのか、自分は恋愛経験が豊富とは言えない。よって、こういうデートらしいデートへの耐性があまりないのだ。過去に付き合っていた真砂《まさご》に対しては尊敬の念が強く、組対《そたい》のエースの隣に並ぶのに相応《ふさわ》しくなろうと必死だったため、カフェに立ち寄ることはあってても「まったりカフェデート」にはならなかった。

「あ、恭ちゃん、口にクリームついてる」

「む？」

昂希の手が不意にこちらに伸びたので、恭は咀嚼《そしゃく》しながら首を傾《かし》げる。恭の口の端についたクリームを指で拭《ぬぐ》った彼は、自然な動作でそれをぺろりと舐《な》めた。その仕草は真っ昼間に見る光景にしては妙に色気を含んでいて、恭の頬はじわじわと熱くなる。

「ふっ、恭ちゃん、かーわいい」

瞬間、甘ったるいにも程がある笑みを真正面から食らった。「ぐああ」と退治された怪獣のような声を漏らして俯《うつむ》いたら、くくっと喉の奥で笑われる。恭は昂希をひと睨《にら》みしてから、手元のタルトの甘さでなんとか心を落ち着けようとフォークを握り直す。

「それも食いたい。一口ちょうだい」

「……」

あーん、の顔でスタンバイする彼の方に皿をそっと押し出して「セルフサービスでどうぞ」と目で訴《うった》える。にまにましながらタルトをひとかけら掬《すく》っていく彼には、恭が照れていることはお見通しのようだけれど。

「んー、タルトも美味《おい》しいな。でもこういうのをうちの店で出すとなると、手間がかかりすぎるか。俺も恭ちゃんもお菓子作りはあんまり詳《くわ》しくないし、時間やコストも検討《けんとう》が必要だな」

「たしかに。デザートを増やすのは賛成だけど、何を作るかは考えないと」

店のメニューの話をしていたら、恭の心拍数も正常に戻ってきた。コーヒーカップに口をつけ、ちらりと彼に視線をやる。長身で少々ガラの悪い彼が可愛らしいケーキを味わう姿は、なんだか微笑《ほほえ》ましい。

今までの捜査漬《づ》けの日々から考えると、自分がこんなに平和な時間を過ごしていることに、まだ少し慣れない部分もある。けれど、目の前の愛《いと》しい男とのひと時に手放しがたい安らぎを覚えているのも事実で。

「カフェデートも悪くないだろ?」

「まあ、たしかに——なんというか、幸せだ」

愛おしげに目を細めた昂希の問いに、恭は照れ笑いを浮かべて頷いた。好きな人と向かい合って小さなケーキを分け合う時間には、ときめきが詰まっている。そんなひと時をミライエでも提供できたら、きっとお客さんにも喜んでもらえるだろう。

「……恭ちゃん、これ食べ終わったら帰ろっか。俺、ケーキより食べたいものができた」

不慣れながらもほわほわとカフェデートを満喫《まんきつ》する恭に、昂希は急に真顔になって残りのケーキを食べ始めた。先程寄ろうとしていた店はいいのだろうかと思ったが、彼の頭からは飛んで行ってしまったらしい。

帰宅後、恭は玄関で靴《くつ》を脱ぐなり唇に噛みつかれ、背後から抱きついてうなじを舐めてくる彼を引き摺《ず》って辿《たど》りついた寝室で、「待て」のできない野良犬——もとい狼《おおかみ》に食べ尽くされることとなった。

そして情事後、散々がっつかれてぐったりした恭に「あの照れ笑いはずるい」とよくわからない言い訳をした自称めんどくさがりの伴侶《はんりょ》は、とても丁寧に恭の身体を清めて、さらに夕飯の支度《したく》までテキパキとこなしてくれたのだった。

# 2

「そうかそうか。昂希《こうき》くん、誕生日プレゼントを買ってもらったのか。よかったねぇ」

「まあね。見る？　ほら、この財布かっこいいだろ」

その日も変わらず寝る前にモーニングを食べに来た十亀《とがめ》は、隣の席に腰かけた昂希に人懐こく話しかけていた。恭《きょう》は厨房《ちゅうぼう》で洗い物をしながら、穏やかな気持ちで彼らを眺めた。おじいちゃんと反抗期の孫のような彼らのやりとりを聞くと、「あぁ朝だな」という気分になる。

「かっこいいねぇ。わしもお祝いしたいなぁ。今の手持ちは——閃光弾《せんこうだん》があるよ」

「恭ちゃんじゃないんだから、そんな物騒なもんはいらねえって。というか、事件が解決したから恭ちゃんももう使わないし」

「そうだったねぇ、よかったなぁ。本当によかった」

のんびりと、しかし噛みしめるように言う十亀の声は、恭が新しい人生に踏み出したことを心から祝福してくれているようだった。

思えば十亀は、恭が昂希と出会う前、本当に一人きりで捜査を続けていた頃から、毎日顔を見に来ては声をかけてくれた。高齢な彼は捜査に同行できないし、かといって自分では恭を止められないこともわかったうえで、せめて防犯装置や閃光弾などで少しでも恭が危険を回避する隙を作れたらと思ってくれていたのだろう。

つい先日、事件が解決したことを伝えたときも彼は「そうかそうか」としか言わなかったけれど、きっと恭が思う以上に、恭のことを考えてくれていた。思わず聞こえるか聞こえないかくらいの声で「十亀さん、ありがと」と呟いた恭に、彼は一瞬小さく頷いて、何事もなかったかのように昂希に向き直った。

「じゃあ昂希くん、他に何か欲しいものはあるかな？」

「いや、俺はいいよ。じいさん、知り合いから仕事として発明の依頼を受注したのはいいけど、お互いにこだわりが強すぎて納期がやばいって言ってたじゃねえか」

きっぱり断った昂希の視線の先を辿り、恭は苦笑する。十亀の手元には荒れに荒れた設計図が散らばっており、珍しく苦心の跡が見える。彼はたまに仕事として発明や技術協力を請《う》け負《お》っているが、趣味とは異なり細かい仕様や制限があるので大変らしい。

「……たしかにこの仕事が終わるまでは何も作れないね。はぁ……『終わったらこれを作るぞ』って目標があった方が、張り合いが出るんだけどなぁ……」

枯れ木のようにしょんぼりとしてしまった十亀にたじろいだ昂希が、ばつが悪い顔で頭を掻《か》いた。「あー」とか言っているのは、おそらくこの発明好きの老人を元気付けるために何かりクエストしなくてはと頭を捻《ひね》っているのだろう。

「……あっ、そうだ。二階で使ってた防犯装置。悪いんだけど、本体も予備も綾城《あやしろ》たちの現場で使って壊されちまったから新調したいかも。もう危険な捜査はしなくなったから別にいいかなとも思ったけど、空き巣や強盗対策としてセキュリティはあるに越したことはないし」

熟考の末なんとか口を開いた昂希に、十亀の表情がパァッと明るくなる。

「いいねぇ。一階に設置しているものと合わせてグレードアップしようか。今までのは外装にこだわらなかったせいで防犯装置だと気付かれないくらい地味だから、どうせならもう少し抑《よく》止力《しりょく》のあるデザインに変えたいよね」

「たしかに消臭剤《しょうしゅうざい》かなんかだと思われそうなデザインだよな」

恭の家は一階の店舗と二階の住居部分のどちらも、十亀作の防犯装置以外、特別な防犯対策はしていない。

昂希の言う通り恭の無鉄砲《むてっぽう》な捜査も終わったし、店舗《てんぽ》経営の面でも施錠《せじょう》の徹底《てってい》や売り上げを金庫保管するなどの一般的なリスク管理はしているので、今のままで問題ない。とはいえ用心するのはいいことなので、恭も賛成の意志を示す。

「中身のデータはうちにあるし、今一階についているやつはそのまま使っていていいよ。新製品が完成したら、二階のものと合わせて新しく設置するからね」

機能も追加したいよね、何をどう変えようかなぁ、と十亀は子どものようなきらきらの瞳で思索《しさく》の世界に片足を突っ込んでいる。

「うん、やる気が出てきたよ。そうだ、恭くんの誕生日は来月だね。何が欲しい？　自動食洗機なんてどうかな？　たとえば食器を自動検知して――」

十亀は調子が出てきたらしく、調理器具を洗う恭の手元を見て生き生きと提案してくる。こういうときの彼は、猪《いのしし》と評される恭以上に止まらないので、下手《へた》な遠慮《えんりょ》はせずにおじいちゃん孝行だと思って笑顔で頷くしかない。

「十亀さんが発明する自動食洗機はさぞかしハイテクなんだろうなぁ。楽しみにしてるよ」

「そうと決まればわしも早く今の仕事を仕上げないと。そっちの納品が完了次第、恭くんと昂希くんのプレゼントを並行して作って、恭くんの誕生日に一緒に持ってくるからね」

「無理はすんなよ、じいさん。――っていうか、恭ちゃん来月誕生日なの？」

好々爺《こうこうや》ににこにこと見つめられた昂希はぶっきらぼうに老人を労《いた》わったあと、恭に視線を移す。十亀が「来月末だよねぇ」と言うので、恭は首肯《しゅこう》した。そういえば昂希には言っていなかったような気がする。昂希は壁掛けカレンダーの前まで歩いて行き、一枚捲って翌月のところを見て「へえ」と呟いている。その日は普通にミライエの営業日のようだ。

――当日は店を閉めたあとにでも、昂希と二人で何か美味《おい》しいものでも食べに行こうかな。

物欲はないものの、やはり誕生日はいくつになっても少しわくわくする。現役時代は真砂《まさご》に一日中空手《からて》の稽古《けいこ》をつけてもらったり、大熊《おおくま》に焼肉を奢《おご》ってもらったりしていた。

去年の誕生日は覚えていない。多分、情報収集のために繁華街《はんかがい》を駆けずり回っていたのだろう――と考えていると、月に何度か来てくれる女性客が来店した。

「いらっしゃいませ」

今月は仕事が忙しくてなかなか来られなかったのよ、と言って席についた彼女はトーストセットを注文し、チョーカーの外れた恭の首元を見て「あ」と小さく声を発した。そのあと無言で菩薩《ぼさつ》のような微笑みを浮かべ、「おめでとうございます」という視線を恭に向けてくる。先日は常連客の老夫婦からも同様の視線をいただいてしまった。

わりと神経の図太い恭だが、こういう類《たぐい》の祝福には不慣れなもので、どうにも居《い》た堪《たま》れない気持ちになってしまう。顔を赤らめた恭が軽く会釈《えしゃく》をして厨房に逃げ戻ると、一部始終を見ていたらしい昂希と十亀がにんまりと目を細めていた。居た堪れなさが二倍になるので、同じ表情で見守らないでいただきたい。


「ちょっと自宅を整理してくる」

大きめのキャリーバッグを片手に昂希がそう言ったのは、その翌日の閉店後のことだった。

「あぁ、そういえば分譲《ぶんじょう》マンション住まいって言ってたもんな」

昂希が居候《いそうろう》を始めて少し経《た》った頃にふと、帰れなくなった彼の家の家賃を心配して聞いてみたら、マンションの一室を一括《いっかつ》購入していたことが判明して驚いたことがある。

「そうそう。競馬のビギナーズラックで大当たりした金で買ったやつ」

「そんな当たり方してよくずぶずぶにハマらなかったな……」

「いや、そのあとも二回くらいはちびちび賭《か》けてみたんだけど、俺の嘘発見能力も活《い》かせないしコスパ悪いからすぐに諦《あきら》めた」

ギャンブラー時代の彼は、勘がいいから負けこむことはないが、大勝負をする情熱もないという、絶妙にダメ男の匂《にお》いのするタイプだった。身を滅《ほろ》ぼすような賭け方をしないのは賢い判断だが、こんなにやる気のない人間にビギナーズラックを与えてしまった競馬の神様はさぞかし無念だっただろう。

「じゃ、三時間以内には戻るから」

俺も手伝うことはあるか、と聞こうと口を開いた恭の後頭部に、彼の手が回る。なんだろうと恭が考えるより早く引き寄せられ、互いの唇が重ねられた。

「はい、行ってきますのちゅー」

恭がポカンとしているうちに二階の玄関がぱたんと閉まり、カンカンと外階段を下りる音が聞こえる。

「ま、まるで新婚さんみたいな……いや、似たようなもんだけど」

彼が去ったあと、恭は唇に手を当ててじわじわと赤面する。不意打ちは心臓に悪すぎるし、キスのあといたずらっぽく笑った顔に見惚《みと》れてしまった自分が悔《くや》しい。

——というか、手伝いを申し出る間もなく行ってしまった……。

昂希はもともといい加減なギャンブル生活を送っていたせいか、恭がクラブでの捜査中に起こした乱闘騒ぎが原因で自宅に帰れなくなったことについても、初日に取り乱した以外は「居候させてくれるならいいか」というスタンスで恭の家に早々に馴染んでいた。

事件解決後はつがいとして一緒にここで暮らすことになったので、「そのうち自宅を何とかしないと」と話してはいたものの——昨日いきなり業者と連絡を取り始めたと思ったら、今日は風のように出発して行った。

——昂希も俺に負けず劣《おと》らず、猪並みの急発進じゃないか。でもまあ回収したいものもあるだろうしな。

先日昂希はショッピングモールで衣服やアクセサリーを眺めていた。着の身着のままここに来てしまった彼は、通販で買った服や恭の父親のお古で過ごしていたが、そろそろ自分好みのものを身につけたくなったのかもしれない。

財布に入れていた身分証はクラブで失くしてしまっているので、そこもなんとかしたいところだろう。身分証がないと何をするにも不便だし、再発行するにも大抵は他に身分を証明できるものを出さなくてはいけない。

ちなみに当然だが、婚姻届《こんいんとどけ》を出すにも身分証は必要だ。身体に直接刻まれるつがいの契約は双方が生きている限りは書類上の契約よりも強いので、アルファとオメガはつがい関係になったからといってすぐに届け出が必要というわけではない。

とはいえ、法的に結ばれることで得られる権利もあるため、およそ半年以内に役所に提出するのが一般的なようだ。恭たちも例に漏《も》れず「そのくらいの適当なタイミングで出せばいいよな」とゆったりと構えている。

そういえばちょうど昨夜、夕飯を食べ終えたあたりで昂希が「後回しにするとめんどくさいからとりあえず書けるところだけ書いておこうよ」と身も蓋《ふた》もないことを言ったので、自宅のプリンターで届出用紙を印刷し、二人でつがいの欄だけは記入したところだ。

実はひそかに自分たちの名前が並んだその用紙を眺めて舞い上がった恭だが、恋に浮かれるのに慣れていないためどんな顔をすればいいかわからず、厳《いか》めしい表情で腕を組んで「うむ」と頷くという熟練《じゅくれん》した格闘家《かくとうか》のようなリアクションをしてしまった。

そのせいか「恭ちゃんは勢い余って雄々《おお》しく破きそうだから俺が保管しとくわ」と失礼なことを言われて用紙は回収されていった。反論しようと思ったものの、たしかに恭は新聞を開いた拍子に真っ二つにした経験があるので、婚姻届は彼に預けている。

――二、三ヵ月もすれば昂希のマンションも片付いてひと段落するし、そのあたりで証人欄《らん》を各自で書いてもらって提出、かな。

恭の両親は他界しており、昂希は実家から勘当されているけれど、自分は十亀にお願いするつもりだし、彼も当てはあると言っていたので、そこも問題なさそうだ。

「さて、昂希が帰ってくるまで軽くトレーニングでもするか」

明日の仕込みも終わっているし、夕飯も残り物をアレンジするだけなので準備はできている。

先に風呂を済ませて部屋着のスウェットに着替え、恭はリビングで日課のストレッチを始めた。

以前は夕飯をかき込んだら捜査に出ていたが、それもなくなった今、ストレッチや筋トレを夜のルーティンとして組み込んでいる。

最近は昂希も健康を気にしてか、恭のワークアウトに参加してくる。不摂生《ふせっせい》気味な彼だが、アルファならではの恵まれた体格ゆえ筋力量自体は結構あるので、隣でトレーニングをされると恭も張りきってしまう。

張りきった結果、せっかくだからと空手や柔道の技を教えようとしたこともあるが、彼は戦闘力ゼロを自負するだけあって、そこはあまり向いているとは言い難《がた》く――。

「万が一のときはタックルをかまして吹っ飛ばすか、馬乗りになってぶん殴《なぐ》ればいいさ」

「カフェの経営でそんな万が一があってたまるか」

という不毛な会話の末、基礎力《きそりょく》向上のトレーニングに落ち着いた。

昂希は「だりぃ」と言いつつなんだかんだ毎日一緒にやってくれていたので、今日みたいに無音だと逆に落ち着かない。少し悩んでBGM代わりにテレビをつけてみたら、ほどよく賑やかなバラエティ番組が流れてきた。

『――銀婚式を迎えられたお二人にずばり質問。つがい関係を円満に保つ秘訣《ひけつ》は？』

画面には五十代の男性二人が寄り添っている。スーツを着ていてもわかる立派な体格のアルファは俳優で、年齢よりだいぶ若く見える華奢《きゃしゃ》なオメガは画家だったはずだ。

自分たちも彼らのように、仲睦《なかむつ》まじく歳を取るのだろうか。まだつがいになって間もないので、そんなに先のことはうまく想像できないけれど、そうなったらきっととても幸せだ。ストレッチから腕立て伏せに移行しつつ、恭の耳は無意識にテレビの中の会話を捉《とら》える。

『僕たちはアルファとオメガで、つがいの契約という強い結びつきはあるんですけど――』

オメガの画家が司会者の振った話に一生懸命答えるのを横目に、恭は壁際に移動する。一人だとなんだか張り合いがないので、負荷を増やしてみようと倒立腕立てを開始する。

『でもやっぱり僕のことをずっと好きでいてほしいから、愛されるためのちょっとした努力を続けることは大切だと思います。自分に無理のない範囲で彼の好みに合わせてみたり……、あと、一緒にいて幸せだなぁってふとしたときに感じてもらえる、可愛げみたいなものは忘れずにいたいですね』

「恭ちゃん、ただいま。って、どんな鍛《きた》え方《かた》してんだよ。カンフー映画の修行シーンか」

君は息をしているだけで僕の好みだよ、君は二十五年間ずっと可愛いし僕は毎秒幸せだよ、と逐一《ちくいち》合いの手を入れるアルファ俳優の声を聞きながら黙々と上半身を鍛えていると、不意に耳慣れた声が聞こえた。キャリーバッグとともに帰宅した昂希《あき》が、呆れ顔でこちらを見ている。

「おかえり。一緒にやるか？」

「さすがにやらねえよ。とりあえず部屋に荷物を置いてくるわ」

「荷解きするなら手伝おうか？」

「じゃあ、皺《しわ》になりそうなものだけはクローゼットに入れようかな」

恭が部屋までついて行くと、彼は早速バッグを開いた。大抵のものは恭の家に揃《そろ》っているため、彼が自宅から回収してきたものは多くはない。貴重品や重要そうな書類の他は、お気に入りらしき小物やアクセサリー、衣服がごちゃごちゃと詰め込まれている。

「残りは不用品として業者に売り払うつもり。あと、立地や築年数的にマンションは売却《ばいきゃく》するのがよさそうだから、不動産屋と話を詰めていく予定。打ち合わせするために、あと数回出かけるかもしれないけど」

「あぁ、そのときは店と家のことは任せてくれ」

相変わらずやる気になると何でもできる彼は、すでにいろいろな段取りをつけているらしい。クローゼットのハンガーを取り出した昂希に、恭は感心しながら荷物の衣服を手渡す。

「このコート、このあいだ買った財布と同じブランドか？」

たまたま手にしたものに見覚えがあるロゴがあったので尋ねてみると、彼はここのデザインが好きなのだと言って頷いた。手元のそれも裾《すそ》に凝《こ》った刺繍《ししゅう》が施《ほどこ》されており、一癖《ひとくせ》ある感じが昂希のイメージに合っている。

「恭ちゃんは好きなブランドとかある？」

荷物を片付ける手を止めて、昂希がこちらを見た。うーん、と恭は首を捻る。クラブで捜査するときに着ていた変装用の服以外は、あくまで実用性重視で選んでいる。正直おしゃれに関しては万年白シャツに黒スーツの大熊と同レベルだ。

「服じゃなくても、アクセサリーとか」

昂希の問いに、恭は眉間《みけん》に皺を寄せて考える。アクセサリーに至っては洋服以上に縁がない。ピアスは開けていないし、ネックレスはうなじ保護のチョーカーとかぶって邪魔だから着けたことはなかったし、指に何かを嵌《は》める習慣も――。

「あっ、メリケンサックとか……？」

思いついたものをぼそっと呟くと、ものすごく残念な生き物を見るような視線を送られた。恭は解《げ》せぬと頰を膨《ふく》らませつつコートを彼に渡す。次いでその下に入っていたジャケットを引っ張り出そうとしたところで、ガサッと何かが床に落ちた。

「ごめん、何か引っかかってたみたいだ……『従順年下オメガ、初脱ぎ』」

取り出したジャケットとズボンのあいだに挟《はさ》まっていた物体を拾い上げて、恭は表紙の煽《あお》り文句を読み上げた。タイトルの文字の下には、オメガと思《おぼ》しき儚《はかな》げな女性があられもない姿で横たわっている。これは見紛《みまご》うことなきグラビア雑誌だ。

「うわあぁっ、音読してんじゃねえよ！　恭ちゃん、違うから。必要なものをとにかく適当に突っ込んできたせいで何かに紛《まぎ》れて入っちゃっただけで、決してやましい気持ちはないから！　多分何年も前にコンビニとかでなんとなく手に取っただけだし、基本的に電子で買う派だったし――じゃなくて、紙も電子も恭ちゃんと出会って以降は買ってないから！」

さすがにグラビア雑誌を買うくらいで軽蔑《けいべつ》したりはしないのだけれど。以前、十亀がとんでもないメールアドレスを復活させて、ドン引きした恭に汚物《おぶつ》を見るような視線を向けられたのが地味に堪《こた》えたらしい。昂希は大慌てで言い訳している。

「ふふ……っ、怒ってないってば」

堪《こら》えきれずに噴き出した恭に、昂希は「ほんとに？」と顔を寄せて来る。それがなんだか可愛くて、両手でわしゃわしゃと彼の髪を撫でてやる。

「ああもう、今ので変にカロリー消費したせいで腹減ってきた。先に夕飯にしようよ」

「そうだな。今日は余ったひき肉で卵炒《いた》めなんてどうだ？」

「賛成」と笑った昂希は、髪に触れていた恭の手を引いて、キッチンまでのわずかな距離を歩く。彼の大きな手に包まれるのはやっぱりなんだかドキドキしてしまって、恭は口をむずむずさせながら足元のフローリングを見つめた。

深夜、恭は何かが動く気配を感じて目が覚めた。

刑事時代の癖で、恭は眠っていても異変を察知したらすぐに起きて活動できる。ぱちっと目を開けると、隣で横になっていたはずの昂希が半身を起こしてこちらを見ていた。

「昂希、どうかした？」

「……ちょっと目が覚めただけ」

そっか、おやすみ、と微笑みを交わして目を閉じたものの、しばらくするとまた昂希がそーっと動くのを感知した。恭は再度ぱちっと目を開けて「眠れないのか？」と声をかける。

「……いや、何度も起こしてごめん」

「俺はすぐに寝直せるからいいけど……大丈夫か？」

「平気だよ。……それにしても恭ちゃん、ほんと気配に敏感だな」

「元刑事だからな。でも、もし具合が悪くて眠れないとかなら言ってくれよ」

「な、何もないってば。おやすみ」

昂希に髪を撫でられて、恭は瞼《まぶた》を下ろすなり夢の世界に戻っていく。しかしその後も昂希は何度か起きたようで、そのたびに恭は軽く覚醒《かくせい》した。「眠れないのか？」「起こしてごめん」を数回繰り返したあたりで、こちらがいちいち目を開けたらかえって昂希も気を遣《つか》うのかもと思い至り、それ以降は何事もないことを気配で確認するだけで寝直すことにした。

朝になると彼はすやすやと眠っていたものの、あんなに何度も起きるなんて、と少し心配になる。業者や不動産屋とやりとりをして、珍しく神経が昂《たかぶ》っていたのだろうか。

「……今日は寝坊させてやるか」

彼の傷《いた》んだ金髪をそっと撫でた恭は、静かにベッドを降りて朝の支度を始めた。

3

ミライエの目の前に黒塗《くろぬ》りの車が停まったのは、次の定休日の昼下がりのことだった。

「約束の時間ちょうどだな」

店の窓越しに確認すると、屈強《くっきょう》な体格の初老の運転手が出て来た。武闘派っぽい彼が英国執事《しつじ》のような優雅な動きで後部座席の扉を開けると、すらっとした長身にオーダーメイドのスーツを纏《まと》った男性と、清楚《せいそ》なワンピースを着た小柄《こがら》な女性が中からゆっくりと現れた。カウンター席で何やらぼんやりと考え事でもするように頬杖をついていた昂希《こうき》も、車を降りて歩いてくる彼らに気付いて立ち上がり、恭《きょう》と一緒に入り口の木製の扉を開けて来客を出迎える。

「柳《やなぎ》くん、久しぶり。恭さん、初めまして」

紳士的な風貌《ふうぼう》と少しギャップを感じさせる、愛嬌《あいきょう》のある大きな垂《た》れ目《め》が特徴《とくちょう》のたぬき顔の彼は、いつだったか街中のポスターで見たことがある――庭野立《にわのたつる》議員だ。

「妻の日和子《ひよりこ》です」

隣に寄り添っていた日和子は、一目見てお嬢様だとわかる可憐《かれん》な仕草でお辞儀《じぎ》をした。

先日の綾城《あやしろ》の事件をきっかけに昂希と庭野の交友が復活し、事件の顚末《てんまつ》を聞いた庭野が「柳くんのつがい？　柳くんの働くカフェ？」と激しく興味を示したため、夫人共々ミライエに招待する流れとなったのだ。庭野が捜査員を動かしてくれたおかげで事件が解決したようなものなので、恭としても直接会えることになったのはとても嬉しい。

「庭野、身長伸びすぎだろ」

「高校二年の夏——柳くんが退学したあと、僕なりに奮起《ふんき》したせいか身長も一年で三十センチ以上伸びたんだ」

テーブル席でコーヒーを片手に簡単な自己紹介を済ませたあとは、恭たちが用意した軽食をつまみつつ、庭野と昂希が互いの近況《きんきょう》を話し始めた。日和子は庭野の隣で相槌《あいづち》を打ち、時折サンドイッチを口に運んでいる。上品な彼女の一口は小さくて可愛《かわい》らしい。

「成長率がえぐすぎるんだよ。しかも気付いたら国会議員になってるし」

「ふふ、最近は敵も多いけどやりがいはあるよ」

約十年ぶりに再会して早々憎《にく》まれ口《ぐち》を叩く昂希に、庭野はおっとりと頭を掻いて笑っている。プライベートの彼は、上流階級のアルファでやり手の議員とは思えないほど親しみやすい。微笑を浮かべて「敵も多いけど」などと言えるあたりには、強《したた》かさを感じるけれど。

「あー、中流階級以下のベータとオメガの生活水準底上げみたいな政策してるんだっけ。やっぱり上流階級からの反対が強いとか？　仲間を敵に回して大丈夫かよ」

ぶっきらぼうに心配する昂希に、庭野は穏やかに首を横に振る。

「いや、高所得者にデメリットのある内容ではないし、具体案や予測値もそのあたりを考慮《こうりょ》したうえで出してるから、そういうところからの反対意見は少ないかな」

あくどいお偉《えら》いさんであっても生まれながらの富裕層アルファというのは根が合理的なので、理屈で納得した場合や自分たちに見返りが見込める場合は推《お》してくれるらしい。

「まあ反発する団体もいるし、何をするにせよ反対意見は出てくるものだけど、そういう問題も地道に誠実に、一つ一つ解決していくんだ。それが僕の仕事だからね」

「ったく、立派になりすぎだろ」

「柳くんのおかげだよ」と胸を張る庭野は高校時代、退学騒動以前にも何度か昂希に親切にされたことがあったという。陰湿な財閥《ざいばつ》の息子の取り巻きに文具を隠されて困っていたときに、昂希が「俺、次サボるから」と言って自分のものを一式貸してくれたエピソードなどを語っては、本人から「覚えてねえし絶対美化してるし」と照れ隠しのダメ出しをされている。

「柳さまがあの恩返し用のアドレスにメールをくださったときも、主人は大変張りきっておりまして、『頑張っちゃうぞ』と言って関係各所に連絡していたのですよ」

うふふ、と微笑む日和子の隣で、庭野も照れくさそうに笑っている。のどかな光景だが、「頑張っちゃうぞ」で大量の捜査員を動かしてしまうところは結構恐ろしくないか。

「でもほんと、柳くんの役に立ててよかった。『大切な人が因縁《いんねん》のある半グレ集団に攫《さら》われてしまった』と聞いたときはいろんな意味でびっくりしたよ。恭さんは元刑事さんだったんですね。犯人グループに怪我を負わされたと伺《うかが》いましたが、大丈夫でしたか？」

「その節はありがとうございました。怪我も打撲《だぼく》程度で、三日で治りましたし――」

俺の口内炎より治りが早かった、と昂希がぼそっと呟いたら日和子に二度見された。

「庭野さんが働きかけてくれたおかげで事件も無事に決着して、今はこうして昂希と二人で平和にカフェを営《いとな》んでいます」

「そう言っていただけると、頑張った甲斐《かい》があります。このお店も、とても素敵です。温かみがあって、ふとしたときに訪れたくなりますね」

木製のテーブルに触れながら目元を緩ませる庭野に、恭も誇《ほこ》らしい気持ちになった。

「もとは両親がやっていた店なんです。俺は経営も料理の腕もまだまだですけど。最近もデザートを強化したいと思いつつ、手間と費用と需要《じゅよう》を全部クリアできそうなメニューがなかなか決まらなかったりして――」

先日、昂希とデザートメニューの強化について話したあとも、いまだ検討中《けんとうちゅう》の状態だ。ふとそのことを思い出して話題に出してみると、日和子が「あら」と興味を示した。彼女は菓子作りが趣味で、手土産《てみやげ》のケーキも手作りだという。

「それなら今度、妻と一緒に試作品を作ってみたらどうでしょう？」

「えっ、いいんですか」

「もしよろしければ条件に沿ったレシピをいくつかご用意いたしますわ」

昂希と二人して身を乗り出すと日和子は笑顔で頷き、その隣で庭野ものほほんと微笑んでいる。普段使う設備で調理した方が感覚を摑みやすいことも考慮し、後日ミライエの閉店後に店のキッチンでデザートメニューの試作品作りをするということで話がまとまった。

「ただ、私も主人の仕事のサポートをしている兼ね合いで、試作は来月になってしまうかもしれませんけれど」

「それは全然大丈夫ですよ。議員さんの奥さんというのも大変そうですね」

多くの人が集まるような演説の場やパートナー同伴のパーティーなどでは、日和子も夫を支えるべく頑張っているらしい。

「あまり大したことはできないのですけれど、人のお顔を覚えるのは少しだけ得意ですのよ」

「彼女は僕にとって、公私ともに不可欠な存在なんですよ」

はにかむ日和子の横で、庭野の方がなぜか自慢げに柔和《にゅうわ》な垂れ目を輝かせている。

「――それじゃあ、そろそろお暇《いとま》しようか」

ふと腕時計を見た庭野が腰を上げた瞬間、窓の外に停めていた高級車から初老の運転手が出て来て、いつでも後部座席に夫妻を乗せられるように態勢を整えるのが見えた。多忙な庭野はこのあと別の用事があると聞いていたものの、あまりにもぴったりのタイミングで運転手の準備が完了したので感心してしまう。

「木田《きだ》さんは昔から完璧《かんぺき》なんです」

木田と呼ばれた運転手は庭野の実家から派遣《はけん》されたお抱《かか》え運転手らしい。議員によっては秘書に運転させたり自分で運転したりと様々だが、上流階級のアルファはポケットマネーで専属の運転手を雇《やと》うことが多いようだ。

武道の達人でボディガードとしても一流で、何も言わずとも最良のタイミングを察知して動けるという木田の唯一《ゆいいつ》の欠点は、忠実すぎるあまりどんなに近所でも送迎の機会を察知するとスタンバイしてしまうことだという。申し訳ないけれど散歩待ちの犬が頭を過《よぎ》り、ちょっと笑ってしまった。

庭野夫妻は帰り際も仲睦《なかむつ》まじく、店の前に横づけされた車までの距離を寄り添って歩いて行く。そして乗車する直前で、庭野がくるりと昴希の方を振り返った。

「柳くん、試作品作り楽しみにしてるね」

「なんでお前も参加する気満々なんだよ……。まあ、仕事も忙しいだろうけど頑張れよ」

昴希の不愛想な応援に嬉しそうに頷いた庭野は、優しい眼差《まなざ》しを日和子に向ける。

「もちろん頑張るよ。彼女と一緒になってから、いっそう気合いが入ったんだ。やっぱりアルファにとって、うなじを自分に捧げてくれたつがいを愛《め》で守るのは何よりの幸せだからね。そのために家庭も仕事ももっともっと頑張ろうって思えるんだ」

庭野の惚気《のろけ》混じりの言葉に、日和子は頬を染めてうっとりしている。素敵な夫婦だなぁと感動して、ふと隣に立つ昂希を窺うと、彼は微妙な――どこか羨《うらや》ましそうな顔で庭野を見ていた。

――んん？　なんだ、その顔は？

恭は一瞬訝《いぶか》しく思ったものの、昂希の「はいはい、ごちそうさま」で話は終結してしまった。

そのまま手土産のコーヒー豆を手渡して和《なご》やかに別れの挨拶《あいさつ》を済ませ、夫妻を笑顔で見送る。

「恭ちゃん、買い出しっていつ頃行く？　このあいだ食器も割れたから、そっちも補充しないとだよな」

「そうだった！　夕方になると店が混むから、テーブルを片付けたらすぐに出かけよう」

今日は食品の買い出し以外にも、食器の補充のために雑貨屋も回るので、あまり遅くならないうちに家を出た方がいい。恭は先程抱《いだ》いた違和感のことも忘れて、てきぱきと出掛ける支度を始めた。


その違和感の正体を知ることになったのは、数日後――のどかな日曜日のことだった。

ランチタイムの賑わいがひと段落した頃、恭は冷蔵庫を見て「あっ」と声を上げた。その声に、溜まった洗い物を黙々とこなしている昂希が振り返る。

「どうかした？」

「卵、足りないかも。ちょっと買ってくる」

「あー、今日すげえオムライスの注文が多かったわ。これが終わったら行ってこようか？」

泡《あわ》だらけのスポンジと皿を持ち上げた彼に、恭は首を横に振ってエプロンを外す。手の空《あ》いている恭が近所のスーパーへひとっ走り行って来ればいい。この時間帯は残念ながら客入りがよくないし、昂希は悔《くや》しいことに恭より器用なので、一人で店番させてもまったく心配ない。

「いや、大丈夫。少しのあいだ店番を頼む」

「りょーかい」

言うや否《いな》や財布とエコバッグを摑んで、恭は裏口から店を出て自転車を走らせた。スーパーに到着するなり卵を確保し、ついでに自分たちの朝食のトーストに塗《ぬ》るジャムが割り引きになっていたので、それも買い物かごに放り込む。

——そういえば近々、大熊《おおくま》が店に顔を出すって言ってたな。

セルフレジで会計をしながら、恭は元同僚の顔を思い浮かべる。

思えば大熊にも苦労をかけた。警察を辞めてすぐの頃は特に無茶をしていたので、見兼ねた大熊は情報交換という名目で様子を見に来ては、恭を落ち着かせようとしてくれていた。

デザートメニューが完成したら、彼にはサービスしようと内心で決意する。大熊は強面《こわもて》でブラックコーヒーばかり飲むわりに、プリンやシュークリームを好む甘党なのだ。以前奥さんが作ったという焼き菓子を職場のデスクで嬉々《きき》として食べていたこともある。満面の笑みを浮かべて拳大《こぶしだい》のカップケーキを一口で飲み込む姿は、若干《じゃっかん》の恐怖映像だったけれど。

店を出た恭は卵が割れないように気を付けて自転車を漕《こ》ぎ、ミライエの裏口に駐《と》めてエコバッグを持って外階段を駆け上がる。一旦《いったん》二階の住居のストック棚《だな》にジャムを置き、そのまま一階店舗のバックヤードに繋がる内階段を下りる。

「——しかしあんたがそんなことを気にするとは意外だな。なんというか、言っちゃ悪いが今さらだろう」

一階に着いた直後、恭の耳に大熊の声が届いた。ついさっき彼のことを考えていたが、ちょうど顔を見せに来てくれたようだ。

「うるせえ。熊……さん」

昴希は大熊のことを熊野郎などと呼んでいるが、今日はなぜか熊さん呼びになっている。昇格したのか降格したのかわからないし、脳内に童謡《どうよう》の「森のくまさん」が流れてくる。

なんとなく話し込んでいる雰囲気を察してバックヤードからちらりと覗いてみると、二人はカウンター席に仲良く並んで座っている。恭の暴走を止めるという役割が似ていたせいか、意外と馬が合うのかもしれない。

昴希お前仕事はどうした、と言いたいが、朝イチの十亀《とがめ》タイムと同様に他の客がいないのだろう。せっかくだし自分の分のコーヒーを淹《い》れて、彼らに加わろうか——。

「いや別に俺だって、今どきそんなにアルファらしさやオメガらしさにこだわってるわけじゃないけど、このあいだ庭野たちを見て一瞬羨ましいと感じたのも事実で……だって、もともとの好みとも明らかに違うわけだし」

――んん？

聞こえてきた昂希の言葉に、恭は数日前に感じた違和感を思い出し、バックヤードから出て行きかけた身体を反射的に引っ込める。

「それで俺に相談したってわけか。柳の坊っちゃんは案外繊細《せんさい》なんだなぁ。やっぱり上流階級の生まれだと、いいつがいの基準みたいなのが刷《す》りこまれてるもんなのかね」

「もう坊っちゃんじゃねえ。まあ生まれてから十七まで見てきたものが多少は影響してると思うけど、そこは――」

――んん？

小声でうにゃうにゃ言っている昂希の声をどこか遠くに聞きながら、恭はひそかに動揺していた。これはもしかしなくても、恭の話ではないだろうか。刑事の勘が言っている。いや、刑事じゃなくても多分気付く。

そして今の話をまとめると、恭の性格はもともとの昂希の好みとは違うし、理想的な伴侶とは言い難く、庭野夫妻のようなお似合いのつがいを目《ま》の当たりにして羨ましくなってしまい、愛妻家の大熊に相談をした――ということになる。

「つがいを愛で守るのは何よりの幸せ」と惚気ながら決意表明する庭野を見る昂希の、どこか羨ましそうな表情が脳裏を過る。そして続けて記憶を逆再生するように、先日彼のキャリーバッグから出てきた従順年下オメガのグラビア雑誌が、さらには出会った当初、恭の外見とぶりっこの演技に鼻の下を伸ばしていた彼の姿がよみがえる。

そういえばあのグラビア雑誌は女性のオメガだった。初対面で恭を口説《くど》いてきたことを考えると男女の性にはさほどこだわりはないようだが、少なくとも恋愛相手に雄々しさなどは求めていないことはわかる。

——うっ……、考えれば考えるほど、俺は顔以外、昂希の好みからは大幅《おおはば》に外れている。

たしかに彼は恋が育《はぐく》まれる過程で、ありのままの恭を受け入れてくれた。だから恭もありのままの自分を明け渡したいと思ったのだが、振り返ってみるといくらなんでも、ありのままをお見せしすぎたのではなかろうか。

——俺には守ってあげたくなる要素もなければ、愛でたくなる可愛げもない……な……。

昂希の胸倉を摑んで「もうちょっと可愛いつがいがいいな、とか思ってるのか⁉」と揺さぶりたくなる衝動《しょうどう》をぐっと堪える。人にはそれぞれ好きなタイプくらいあってしかるべきだし、そもそも昂希は恭のことを悪く言って愚痴《ぐち》っているわけではない。大態にひっそりと相談しているのだ。ここで特攻するのはいくらなんでもデリカシーがなさすぎるうえに、よりいっそう彼を悩ませることになりかねない。

それに思い返せば、自分たちは事件を乗り越えてすぐにつがいになったため、冷静になって初めて感じるギャップがあっても不思議ではない。命がけで危機を切り抜けた仲と言えば聞こえはいいものの、むしろつり橋効果が消えた今こそがターニングポイントとも言える。

最近彼は夜中に何度も起きていたことがあったし、たまにぼんやりと考え事をしていた気もする。マンション売却に向けた不動産屋とのやりとりなどで、多少疲れが出ているのだろうと思っていたが――恭との関係に悩んでいる可能性があるとは想像すらしなかった。

――というか、そんなことを考えたこともなかった俺の恋愛意識、低すぎ……？

不意に、いつか見たテレビのバラエティ番組が頭を過った。あのときは銀婚式を迎えた二人を見て、自分たちもこんなふうに仲睦まじく歳を取れたらいいなぁとのんきに聞き流していたが、オメガの画家が何かいいことを言っていたような気がする。たしか「僕のことをずっと好きでいてほしいから、愛されるためのちょっとした努力を続けることは大切だと思います」というような、健気《けなげ》な言葉を。

恭は今まで刑事として強くあろうという努力はしてきた一方、オメガとしてアルファに愛されるための努力はしたことがない。しかし今の恭は組対《そたい》の刑事ではない。少し寂しいけれどそれは事実であり、自分が今一番大切にすべきはつがいの昂希なのだ。

昂希は物言いこそ捻《ひね》くれているものの根は誠実な男なので、今さら恭を捨てるようなことはないだろう。しかし、彼の伴侶《はんりょ》としてこのまま何もしないわけにはいかない。ここで頑張らなくては男が廃《すた》るというものだ。

――お前を夢中にさせて、悩む余地もないくらい最高のつがいになってやるから、首を洗って待ってろよ……！

「まあ、俺たちはまだまだこれからだし。熊さん、アドバイスありがとな」

「お、その意気だ。また何かあったら相談に乗るぞ。あと森に棲《す》んでる感じになるから、熊さんはやめろ」

恭が一人でフンッと気合いの鼻息を漏らしたのと同時に、昂希たちも話がまとまったらしい。バックヤードからキッチンに向かうと、昂希が何事もなかったような顔で「おかえりー」と立ち上がった。大熊はなぜかにやにやしながら「よう」と言って二杯目のアイスコーヒーを飲《の》み干《ほ》した。

その夜、恭はリビングでスマホを片手に自分の恋愛音痴《おんち》を自覚して戦慄《せんりつ》していた。あまりの衝撃に、座っていたソファごとひっくり返りそうだった。

信じがたいことに、少しインターネットで検索《けんさく》しただけで「意中のアルファを虜《とりこ》にする方法」とか「発情期を三倍盛り上げる方法」という記事がいくつもヒットする。もちろんアルファ用の記事もあったし、ベータの男女の恋愛記事も数えきれないくらい存在した。世の中の人たちは年齢性別問わず、こんなにもパートナーのために努力していたのだ。

――お、俺も負けていられない……！

ずっと追い続けていた事件から離れることができた今、恭は不慣れながらも恋愛に思考を割けるようになった。幸い努力は惜しまない性格だし、もともと思い込んだら一直線だ。今度は好きな人のために猛進すればいい。

「ふむふむ、『愛されオメガは甘えの達人』か」

もともとアルファはオメガに「欲されて」フェロモンで「誘われる」生き物なので、性格にかかわらず頼られたり甘えられたりすると本能を刺激されるらしい。昂希も出会った当初、恭のあざといいくらいのぶりっこ演技にデレデレしていた。

「でも甘えるって何をすれば――あ、『耳元でおねだりしてみよう』とか書いてある。なるほど……」

真面目《まじめ》な顔で頷きつつ、近くに昂希がいないことを確認し、そっと「発情期を三倍盛り上げる方法」の記事をタップする。三倍盛り上がったら大変なことになってしまうような気がするが、好奇心を抑えられなかった。

「いや、これはあくまで昂希に喜んでもらうための情報収集だからな」

一人でぼそぼそと言い訳していた恭は、ネット記事を読んで渋い顔になった。

「うーん……ネスティングかぁ」

ネスティング――いわゆる巣作りとは、発情期のオメガがパートナーもしくは好意を寄せるアルファの匂いのついた私物を自分の居心地のよい場所に持ち込み、それに包《くる》まってアルファを待つ行為のことをいう。

もちろん、すべてのオメガが必ずしもネスティングをするわけではない。多少の欲求があっても実際に巣を作るほどではないというオメガもそれなりにいるし、恭に至っては根性でヒートを抑え込んでいたくらいなので、したいと思ったことすらない。

記事をスクロールしていくと、巣に持ち込んではいけないものを普段から把握《はあく》しておくといった気遣いや、布面積の広い衣服を中心に巣を作るとオメガの華奢さが際立って可愛いといったテクニックなどが書かれているが、残念ながら恭にはあまり縁がないかもしれない。

「さすがになんの欲求もないのにわざとやったところで白々しいし、これはやめておこう……」

「恭ちゃん、何見てんの?」

恭は自他共に認める見た目詐欺《さぎ》なので、やはりまずは昂希の好みだというこの見た目に、詐欺状態の中身を近付けるところから始めるのが妥当《だとう》だろう——と考えていたら、風呂上がりの昂希が突然ぬっと現れた。スマホに集中しすぎてまったく気付かなかった。

「うわっ、な、なんでもない」

恭は慌てて指を動かし、画面を切り替える。上半身裸でジャージのズボンを穿《は》いた彼は、首にかけたタオルで髪を拭《ふ》きながらソファに腰かけ、訝しげな表情で恭のスマホを見やる。

「……『現役力士が教える四股《しこ》の踏み方』って、どういう動画見てんだよ」

おすすめに出てきた動画を適当にタップしたら、よりによって可愛さの欠片《かけら》もないものが表示されてしまった。くっ、幸先《さいさき》が悪い……と悔《く》やんだものの、早速さっきネットで見た「耳元でおねだり」で挽回《ばんかい》を試みようと、彼にぎゅっと抱きついて耳元に口を寄せる。肝心《かんじん》のおねだりしたいことが思いつかないが、とにかく前進あるのみだ。

「四股は健康にもいいらしいぞ……？　一緒に四股、踏も……？」

事件に関する情報収集をするためにぶりっこしたことはあるけれど、好きな人に可愛いと思われようと振る舞ったことがないので勝手が違い、うっかり相撲部《すもうぶ》の勧誘みたいな台詞《セリフ》になってしまった。我ながらあまりの下手くそっぷりに絶望していたら、昂希が気だるげにのっそりと立ち上がる。

「何、今日は筋トレの代わりに相撲がしたいってこと？　ったく、めんどくさいなぁ」

そう言いつつ脚を大きく広げて四股を踏む準備をしてくれる彼は、なんていい人なんだろう。

思わず感心しかけてハッと気を取り直し、恭は慌てて首を横に振る。

「ええと、違う、相撲がしたかったわけではないんだ」

「あ、そう？　じゃあ一体どんなトレーニングがしたかったわけ？」

「うぅ、筋トレに誘ったわけではなくて……その……」

ここまで大失敗してしまうと、可愛く甘えてみようと思ったとはさすがに言いにくい。しどろもどろになった恭はソファに掛けたまま、立っている彼をじっと見上げて言葉を探す。

「……上目遣《うわめづか》いしてるあんたの顔、すげえムラムラする」

濡《ぬ》れた髪をかき上げた彼は、おもむろに恭をソファに押し倒してきた。相変わらず恭の顔に弱いらしく、服越しに密着した彼の下腹のそれは、直前に相撲の話をしたとは思えないほど硬くなっている。彼の濡れた前髪から、水滴がぽつりと落ちてくる。

——くそぅ、まだ上手に甘えられてないし、顔しか褒《ほ》められてないのに……！

もう一回可愛く甘えるチャレンジをしたかったものの、愛する男に欲の滲んだ瞳で見つめられたら抱かれたくなってしまう。お伺いを立てるみたいに唇をノックする彼の舌を受け入れ、口内を激しく貪《むさぼ》られるにつれて、恭の抵抗する力は弱まっていく。部屋着を脱がされ、胸を吸われて息が乱れた。明るいリビングの、広くはないソファでもつれ合い、欲情で汗ばんだ肌を合わせるのは、ベッドで愛されるのとはまた別の快感がある。

「恭ちゃん、可愛い。やらしい顔、もっと見せてよ」

「やだ……、あっ」

恭の頬を舐めた昂希は、ひくつく後孔《こうこう》をずぶりと剛直で貫いた。小さく喘《あえ》いだ恭の先端から、堪えきれない先走りが漏れる。反射的に身を捩《よじ》って快楽を逃そうとする恭の身体を、彼はぐっと押さえ込んで腰を揺する。奥を突かれながら、いたずらに下唇をかぷりと食《は》まれると、びしょびしょに濡れていた恭の屹立《きつりつ》は限界を迎えて弾《はじ》けた。

「んっ……昂希……！」

ふるっと下肢を震わせた恭は、自分の白濁《はくだく》で腹を汚した。達する恭の淫《みだ》らな表情を間近で見つめていた彼が、最奥《さいおう》に熱い飛沫《ひまつ》を放つ。何度か腰を打ちつけてすべてを恭に注いだ昂希は、汗で湿った額を擦《す》り合《あ》わせてくる。

——次こそは中身も可愛いと思わせてやるからな……。

絶頂の余韻《よいん》でふわふわしながらもひそかにリベンジを誓《ちか》った恭は、夢と現《うつつ》の狭間《はざま》で壊れ物を扱《あつか》うように優しく髪を撫でてくる彼に身を任せ、大好きな温《ぬく》もりに埋もれて寝息を立てた。

あれから数日。いきなり「耳元でおねだり」はハードルが高かったのだと思い至った恭は、些細《ささい》なことからこつこつと頑張ることにしていた。可愛く甘えることはできなくても、オメガらしからぬ逞《たくま》しさを抑えることで総合点を上げていけばいい。

「昂希、このチキンのトマト煮、すごく美味しいぞ！　店で出そう」

その日の夕飯は、昂希が余った具材に一工夫してくれた。二人ともわりとよく残りものをアレンジしているものの、今夜は久々の大ヒットにテンションが上がる。酸味がまろやかになったトマトの風味に、食欲がエンドレスにそそられる。

「そりゃよかった。トマト缶をぶち込めば作るの簡単だしコスパも悪くないから、今度日替わりランチメニューに組み込んでみようか」

うんうんと頷いた恭は、しかし油断することなく日和子の食事シーンを思い出して早食いを防ぐ。あそこまで上品に食べる必要はないとはいえ、自分は動きが何かと豪快で顔にそぐわぬ山賊感《さんぞくかん》が出てしまうので、食事の際は一口を小さくしてみようという試みだ。

美味しいから箸《はし》は進むし、口に入れてはもぐもぐ……を小刻みに繰り返しているだけのような気もしたけれど、ふと顔を上げると頬杖をついてこちらを見つめる昂希の視線がひどく甘いことに気付いた。

なんだか恥ずかしくなって咄嗟《とっさ》に俯いた恭は、ドキドキしつつも食欲には抗《あらが》えず、チキンをもうひとかけら口に入れて咀嚼《そしゃく》しながら、再び彼をちらっと見る。そこには変わらず、愛おしげに目を細めた昂希がいる。

「……あの、あまり見ないでくれないか」

「ごめんごめん、可愛いなって思って」

彼の視線に居《い》た堪《たま》れなくなって注意したら、余計に居た堪れない答えが返ってきて、恭は無言で頬を赤らめる。でも甘ったるい表情でこんなことを言ってくれるということは、きっと恭の努力の方向性は間違っていないということだろう。正直もっとがつがつ食べたい気がしないでもないが、そのうち慣れてくるはずだ。

その後、食事を終えて洗い物を済ませた恭がソファで寛《くつろ》いでいると、昂希が隣に腰かけてきたので、その肩にそっと凭《もた》れてみる。口を開くと色気のない台詞を言ってしまいそうだから、無言で寄りかかって彼の肩に頭をすりすりする。一緒にストレッチや筋トレをするのも好きだけど、それではつがいになりたての甘さが足りないというか、むしろ友達とか相棒みたいではないかと考えた結果、今日は少し趣向を変えてみたのだ。

これが今の自分の精一杯の甘え方なのだけれど——と思いながら彼をちらりと窺《うかが》った瞬間、額にキスが降ってきた。

「ひゃっ、な、なんだ」

「恭ちゃん、疲れた？　そろそろ寝よっか」

恭が赤くなって額を押さえると、今度は頬にちゅっとされる。

——昂希、やっぱりご機嫌だ……。今までこんなことに気付かなかったなんて、俺は本当に恋愛音痴だったんだな……。

よくも悪くも大雑把《おおざっぱ》なところがある恭は、本来、相手に合わせて自分を向上させようとすることはあっても態度自体を変えたりはしない、我が道を行くタイプだ。少し前までは、昂希に対してもそうだった。

しかし恋愛——しかもつがいとなったからには、そうも言っていられないということに気付いた。慣れない行動をしているせいか、わずかに自分らしくない違和感を覚えたりもするけれど、円満なつがい関係のため、最近は昂希の好みを気にして反応を探っている。幸い恭を見つめる彼は大体嬉しげで、それはつまり恭の頑張りが報《むく》われつつあるということなのだろう。

その分、甘い視線を直視する羽目になってしまい心臓が忙しないけれど。

「……っ」

恭の鼓動《こどう》が落ち着く間もなく、上気した頬をはむっと食まれる。空《あ》いている手で頬を押さえたら、ノーガードの唇に吸いつかれた。

「んぅ……」

そのまま恭の唇をひとしきりぺろぺろと舐めた昂希は、こちらを見て相好《そうごう》を崩し、もう一度「寝よっか」と言った。

## 4

「なんか熱っぽいな……」

翌朝、恭《きょう》はどこか体調不良を感じたものの、いつも通りシャキッと起き上がった。洗面所で顔を洗うと多少はさっぱりしたが、やはりいまいち調子が出ない。もう一度冷水で顔を洗ってフンッと気合いを入れたところで、背後に気配を感じた。振り向くと、まだ眠そうな昂希《こうき》が壁に凭れて、深い溜息を吐《つ》いている。

「……恭ちゃん、ヒートを気合いでどうにかしようとしてんじゃねえよ。今日は俺が適当に店を回して、ランチが終わったらクローズして戻ってくるから、それまでは薬飲んで一人で休んでいられる？」

彼は呆れ顔で恭を抱き上げて、先程まで一緒に寝ていた昂希の寝室のベッドに座らせ、水と抑制剤《よくせいざい》を持ってきた。言われてみれば、そろそろヒートの周期だ。この不調はそのせいか、と納得しながら、水と薬を一息で飲み干した恭は首を横に振る。

「いや、薬も飲んだし平気だろ。ちょっと根性を出せば、全然働けるぞ？」

すっくと立ち上がった恭は、昂希にぐいぐいとベッドに押し戻される。

「出すな出すな、根性を。朝一で熱が出てるんだから、今日は休んでおけって。ったく……ヒート中の自分のつがいを他人に見せたいアルファはいねえんだよ、わかれよ」

「そ、そうですか……それは、なんというか、ごめん」

そんなふうに言われるとは思っておらず、尻すぼみに謝った恭が赤くなって俯《うつむ》くと、昂希もむすっとした表情で頬を染めてそっぽを向いた。

「なんでちょっと敬語……そういうガチな照れ方されると俺まで恥ずかしいんだけど」

今すぐ換気したい。部屋全体に恥ずかしい空気が満ちている。

「じゃあ、まあ、俺はとりあえず店に出てくるから。少しのあいだ、一人にするけど大丈夫？」

「うん、問題ない」

「……恭ちゃんが『問題ない』って言うとフラグが立つからやめてくれ」

「あっ、今回は本当に大丈夫だ。心配ない。ゆっくり寝ていることにするよ」

ならいいけど、とジト目でこちらを見た昂希は、一歩進むごとに振り返っては「おとなしくしてろよ」「窓の外に興味をそそるものを見つけても飛び出すな」「筋トレも禁止」「飲み物はここに置いておくから」「具合が悪くなったら絶対スマホで連絡しろよ」とくどいくらい恭に言い聞かせてから部屋を出ていった。

——初めてヒートになるわけじゃないんだから……。まあ、前回があれだったしな。

前回のヒート期は、昂希を気絶させようとして無闇《むやみ》にフェロモンを全開にしたせいで、発情の調節ができなくなって心配をかけてしまった。その印象が強いから気にしてくれているのだろう。

だが今回は事前に薬も飲めたので、あんなにひどくなることはあるまい。オメガの中には正気を失いかけるほど重い症状の人もいるというが、恭は幸いそこまでではない。それゆえ刑事時代、張り込み中にヒートが来ても薬と根性で症状を抑えていられたのだ。

「そういえば俺のフェロモンは昂希だけを誘うものになったのか……」

オメガはアルファにうなじを噛まれると、つがいだけを誘うフェロモンが出るようになる、というのは保健体育で習う内容なので知っている。つがいを得たオメガの身体は徐々に作り替わり、ヒートの際にフェロモンの変化が見られるというが、まだ実感は湧かない。けれど、想像してみるとそれはなんだかとても幸せで、頭がふわふわしてしまう。

「……昂希、早く戻ってこないかな」

顔を枕に半分埋めてちらりと時計を見たら、まだ彼が部屋を出てから十五分しか経《た》っていない。なぜだろう、妙に人恋しい。ぎゅっと抱き締めた枕からほんのりと昂希の匂いがして、大好きな香りに身体が火照《ほて》ってきた。昂希が傍《そば》にいない寂しさと、彼に抱かれたい情欲で、心のバランスがぐらぐらと不安定に揺れる。

——なんかおかしいぞ……？

一人の時間が苦手ではないはずの自分が、今日は彼が少し離れただけで寂しいと感じている。薬を飲んだのに身体の火照りが治まらないし、あろうことかこの程度のことで精神的にもぐらついている。平和な日常の中で、たるんでしまったのだろうか。

——しっかりしろ、呉林《くればやし》恭。このくらい自力で制御《せいぎょ》できる。こんなときこそ根性だ！

つい癖で立ち上がってヤーッと正拳《せいけん》突《づ》きをしてみたが、やはり足元が崩れそうな感覚が収まらない。それどころかすぐにすごすごとベッドに戻り、一度離した枕に再度縋《すが》ってしまう始末だ。もっと欲しい。もっと彼の匂いのするものを集めたい。そんな欲求に駆られている自分に気付き、愕然《がくぜん》とする。

「……っ、ど、どうしたんだ俺は……⁉」

思春期から今まで何度もヒートは経験しているが、ネスティングをしたいと思ったことなどない。なのに、なんだこの状況は。こういうときはどうすればいいんだっけ、と半《なか》ば混乱しながら、先日見たネット記事を思い出す。しかし身体の奥が燃えるように熱く、あれこれ考えるのはもう無理だ。

なんとか小型の洋服簞笥《だんす》の前に行ってフローリングにぺたんと座り込み、震える手で引き出しを開けた。彼の靴下と下着がたくさん入っており、思いのほかきちんと畳《たた》まれている。

彼はこういうところは案外、綺麗に整理する男なのだ。先日の自宅マンションの荷物を持ち帰った際も、キャリーバッグにはごちゃっと詰め込んで来たくせに、クローゼットに収納するときは丁寧にハンガーに掛けていた。適当なわりに定位置が決まるときっちりするのは、彼の人生も同じ——って、そうじゃない。今そんなことを考えている場合ではないし、巣作りに使うべきものもこれではない。

それはわかっているが、頭が回らない。とにかくなんでもいいから手に取って安心したくて、恭は片手でむんずと彼の靴下とボクサーパンツを鷲摑《わしづか》んでベッドの上に放り投げる。

「うぅ……昂希……」

パンツと靴下が散らかったシーツの上で丸くなり、枕に顔を埋めて半泣きでぐずぐずと鼻を啜《すす》る。そのまま自分の下着の中に右手を突っ込み、熱を持った屹立《きつりつ》を数回扱《しご》くと、恭はあっという間に吐精《とせい》した。出せば楽になるかと思ったのに、かえって後ろが疼《うず》いて昂希を欲してしまう。

「ん……っ、ダメ、全然届かない……」

スウェットのズボンと下着を脱いで四つん這《ば》いになり、尻を突き出した体勢で後孔《こうこう》に指を入れようと試みたものの、自分の指では浅いところを撫でるのが限界だ。腹の奥が寂しい。早く戻って来て、昂希で中を満たしてほしい。

「昂希……」

薬でも根性でもコントロールが利《き》かなくて心は不安でいっぱいだし、それなのに身体はどんどん火照っていく。本当になんなんだ、これは。どうしたらいいかわからなくなって、彼の枕を抱《かか》えてただ震えていると、不意に部屋の扉が開いた。

「お客さん途切れたから早めに切り上げてきたけど、調子は——うわっ、全然大丈夫じゃないじゃん」

スポーツドリンクらしきペットボトル飲料を持って入ってきた昂希は、恭を見るなり大慌てで駆け寄る。

「あぁ、もう、具合悪くなったらスマホで連絡しろって言ったのに」

「だっていつもはある程度、自分でコントロールできるから……」

「今回はつがいになって初めてのヒートだろ？　身体が作り替わることで普段と勝手も違うだろうし、いくら恭ちゃんのド根性でもコントロールできないって」

「そうか、それで……」

「……もしかして自覚なかった？」

「うぅー……」

自分の身体のことなのに、今までヒートの症状が重くないタイプだったばっかりに、自覚が足りなかった。あまり動けないのでベッドに横になった状態でズーンと反省していたら、ぎゅっと抱き締められた。それだけで安堵《あんど》のあまり涙腺が緩《ゆる》んでしまう。昂希の背中に腕を回してしがみつくと、彼はぽんぽんと恭の頭や肩を撫でてくれた。

「俺も気にしてたつもりだけど、こんなにすぐに症状が出るものだとは思わなかった。不安だったよな、ごめんな」

「ううん……でも、今日はもう一人にしないでくれ」

少し情けないとは思いつつ、彼が来てくれた安心感からか、そんな言葉がぽろっと口から出た。昂希は一瞬固まったあと恭の背中を宥《なだ》めるように撫で、額と額をこつんと合わせて至近距離で優しい眼差しをくれる。

「今日はもう店を閉めたし、明日は定休日だから、二人でゆっくり過ごそう。とりあえず何か飲みなよ。置いてったお茶も全然飲んでないし、喉渇《かわ》いただろ」

片手でペットボトルを取った彼は、それを一口飲んで恭に唇を寄せた。口移しで水分を摂取《せっしゅ》させられて、怠《だる》かった身体が少し楽になる。何回か繰り返したあと、ちゅっと唇を吸われ、次第に口づけに欲が混じってくる。覆《おお》いかぶさった彼に包まれて、自分からいっそう強いフェロモンの香りがぶわっと出るのを感じた。昂希に触れてもらえて喜んでいるのが駄々洩れで恥ずかしいけれど、恭に応《こた》えるように、彼からもくらくらするほど甘く淫靡《いんび》な匂いがする。同じ熱量で自分を求めてくれているのだとわかり、どうしようもなく愛おしさが湧き上がる。

「恭ちゃん、いい匂い。気持ちいい？」

「んん……っ」

もっと構ってほしくて彼の舌を甘噛みしたら、息もできないほど激しく貪《むさぼ》られ、恭は酸欠で朦朧《もうろう》としたままキスだけで軽く達してしまった。唯一身に着けていたスウェットのトップスの裾《すそ》に、恭の精液がわずかに散る。

「可愛い……。これ、邪魔だから脱がすよ」

「ん……」

昂希は恭の汚れたトップスを脱がしたあと、自分も生まれたままの姿になった。彼は横向きで寝転ぶ恭を後ろから抱きしめ、うなじに鼻先を擦り寄せてくる。

「あっ……んん……」

前に回された手で胸の飾りを愛でられて、行き場のない欲が身体の奥に溜まっていく。たまにうなじに歯を立てられると、微《かす》かな痛みすら快楽にすり替わり、ぞくぞくと尾骨《びこつ》のあたりが疼《うず》いてしまう。

「やっ……昂希、もう中に、欲しい——っ」

「……これが俺だけのものって、やばいな」

低く呻《うめ》いた昂希は、すっかり熟《う》れてしまった恭の胸から手を離して、代わりに腰のあたりを抱きしめた。硬くなった性器で尻のあわいを撫でられ、我慢ができずに恭からねだるように擦りつけると、腰をホールドされて容赦《ようしゃ》なく一気に挿入《そうにゅう》される。急に腹の奥が満たされるのと同時に、うなじにがぶりと噛みつかれ、恭はとろりと白濁を漏らした。彼は痙攣《けいれん》する内側を抉《えぐ》るように腰をグラインドさせ、すでにすっかり濡れそぼっている恭の性器を扱く。

「あぁっ、それやだっ」

「恭ちゃん、ここ、ぐしょぐしょ。まじ可愛い。いっぱい出して」

「——っ」

耳元で囁かれて、恭は何度目かの絶頂を迎える。しかし昂希は中に入ったまま身を起こし、恭を仰向《あおむ》けにさせて再び抽挿《ちゅうそう》を始めた。容赦《ようしゃ》ない追撃に脳が痺《しび》れ、咄嗟《とっさ》に彼の腕を掴む。

「待って、まだ、今はダメ……！」

頭の中のまともな部分は行き過ぎた快楽に怯《ひる》んでいるはずなのに、吐息《といき》混じりの声は淫《みだ》らに湿り気を帯びていた。発情した身体はつがいを求めて悦《よろこ》び、制止しようと掴んだはずの彼の腕にいつの間にか縋《すが》っている。こちらを見下ろす昂希の瞳に映《うつ》る、欲情しきった自分の顔さえも自らを昂らせる材料となって、恭の後孔は彼をきゅうと締めつけてしまう。

「……そんな顔されて、待てなんてできるかよ」

「昂希、や……、あぁんっ」

互いに呼応して交わるフェロモンの匂いと、ひっきりなしにやってくる絶頂に、恭は理性を手放して喘《あえ》いだ。ひと突きされるたびに白濁を自分の腹にぴゅっぴゅっと散らし、彼の名前を呼ぶことしかできなくなる。散々蕩《とろ》けさせられた恭は幾度《いくど》も最奥に熱いものを注がれ、過剰《かじょう》なまでに甘い時間を味わった。
そして数時間後――どんなに揺さぶられても何も出なくなった頃、垂れ流しだったフェロモンも大方収まり、恭の発情の波はようやく落ち着いたのだった。

時計を見ると、針《はり》は夜の九時を指していた。いつの間にか身体も清められ、新しいシーツに替えられた彼のベッドの上で、恭は横たわっている。

――わ、わけがわからなくなっているうちに寝落ちしてしまった……。ヒートはつがいとの関係を深める絶好の機会だってネット記事にも書いてあったのに。

昴希を待っている段階から心も身体もコントロールが利かず、彼が来てくれてからは思考がとろとろになってしまい、本能のまま彼に縋ることしかできなかった。

――巣すら作れなかったし……。俺としたことが何もできなかった……無念……。

寝落ちする直前、ベッドを片付ける昴希が散らばった靴下とパンツを見て「こんなところに置いたっけ?」みたいな顔をしていたのを視界の端に捉《とら》えた。ネスティングだと認識すらされないとは、なんたる不覚。

己の不甲斐《ふがい》なさを痛感していると、寝室の扉が開いて昴希がリゾットを持ってきた。

「恭ちゃん起きた？　なんか唇嚙み締めてるけど大丈夫？　夕飯食べられそう？」

「ん……わざわざありがとう」

食事をトレーに載せて寝室まで運んでくれた昂希は、起き上がった恭の頭を撫でて一緒にベッドに入り、ヘッドボードに背中を預けて恭を脚のあいだに座らせた。つがいになって初めてのヒートは、昂希に長時間愛されたおかげで熱が引いてきたが、いつもより体力も精神力も消耗《しょうもう》が激しい。腰も怠《だる》かったので、この体勢は正直ありがたい。

「身体、つらくない？　ほら、ゆっくり食えよ」

「わ、食欲をそそる匂いだな。チーズリゾットか」

「そうそう、半端に余ったご飯、使っちゃいたかったし」

ふわりと香るチーズとコンソメの匂いに誘われて皿を手に持った恭は、背もたれになってくれる彼に軽く寄りかかって食事を始めた。一口食べたら最後、無限にスプーンが口と皿を行き来してしまう。小さめのスプーンでよかった。理性が緩んでいる今、レンゲでもついていた日には、山賊が引くレベルの勢いで貪ってしまうところだった。

「うまい、うまいぞ、これ。店で出そう」

「あんた、俺の作った飯をすぐ店で出そうとするよな。たまに経営観念ちょっとザルだし」

「うっ……だって昂希の作るものはすごく美味しいから」

「はいはい、どうも。そりゃ愛情がこもってるからね。まあこれは店で出すなら具材をもう一工夫するとか、戦略を練った方がいいかな」

原価率が、注文数が、近所のチェーン店が、と説明する昂希は、そのあいだも恭の頭や腹を優しく撫でて労《いた》わってくれる。

――昂希ってすぐに「めんどくさい」とか言うくせに地味に勉強してるし、俺に対してもすごい世話を焼いてくれるんだよな。ほんと、そういうとこも好きなんだけど……。

彼を夢中にさせるべく頑張っているのに、自分ばかり彼に夢中になってしまって少し困る。

理不尽にむっとした顔で振り向くと、居た堪れないほど甘ったるい彼の瞳がすぐそこにあった。

「ん？　腹いっぱいになった？」

「い、いや、まだ……まだ食べる……」

うっかり直視してしまった恭は慌てて前に向き直り、もぐもぐと咀嚼をしつつ赤くなった顔を俯けた。

5

休み明け、恭《きょう》は無事にヒート期も乗り越えて店に立っていた。

まったりとした夕方の時間にやってきた常連の老夫婦が、ごちそうさまと言って席を立つ。

会計は昂希《こうき》が対応してくれるようなので、恭はテーブルの食器を片付けることにする。恭の親の代から通ってくれている老夫婦は、最近は恭のつがいとなった昂希に興味津々《しんしん》らしく、レジで財布を出すあいだも彼に話しかけている。

「恭くんは昔から元気な子でねぇ。学生時代はよくご両親とあのお店でお買い物をしてて――」

「へぇ――あ、ばあちゃん小銭出せる？　荷物、一旦ここに置いていいっすよ」

小柄な老婦人に合わせていつも以上に猫背になって話を聞く昂希は、結構彼らから好かれているようで、先週はおばあさんからまんじゅうをもらい、さらにそのお孫さんからは飴《あめ》をもらっていた。今日はおじいさんから「かりんとう食うかい？」と聞かれている。エサを与えないでください、と貼り紙をした方がいいだろうか。

結局断りきれずにかりんとうを受け取り、黒糖《こくとう》へのこだわりを老人から語られる昂希を微笑ましく見守っていると、入り口の扉がからんと鳴った。

「いらっしゃいませ」

新たな来客を笑顔で出迎えた恭は、一人で入ってきた若い男性をテーブル席に案内する。中肉中背でラフな服装の彼はメニュー表を一瞥《いちべつ》して、愛想よく話しかけてきた。

「あのー、ランチセットってもうないですよね？」

「申し訳ございません。本日は終了してしまいまして……」

少し時間が過ぎた程度なら提供できるが、さすがにもう夕方なので難しい。恭がすまなそうに頭を下げると、男は「じゃあサンドイッチにしようかな」と顎《あご》に手を当てて悩んでいる。

「何種類かあるけど、おすすめはありますか?」

「最近はチキンサンドが人気ですよ」

「じゃあそれにしよう。ところでこのお店はお兄さんと、今レジのところにいる彼の二人でやってるんですか?」

指された方を振り向くと、昂希が老夫婦にレシートを渡しているところだった。

「え? ええ。そうですけど」

「ふーん。お兄さんのうなじに噛み痕《あと》あるし、もしかして彼とはつがいとか?」

いきなり立ち入ったことを聞かれて不審に思いつつ、客を突き放すわけにもいかないので曖《あい》昧《まい》に頷くと、男はにこりと笑って店内を見回した。

「いやぁ、急にすみません。雰囲気のいいお店だったのでつい好奇心が。じゃあブレンドとチキンサンド、お願いします」

「あ、はい。少々お待ちください」

恭への敵意は感じないものの口調は軽薄で、どことなく職質したくなるタイプのチャラ男だ。若干失礼なことを考えながら恭がキッチンに戻ると、ちょうどレジから解放された昂希が訝《いぶか》しげな顔でこちらへ来て、小声で話しかけてくる。

「今の客、何かあった?」

「いや、メニューのこととか店のことを聞かれただけだ。クレーマーではないけど、ちょっと変な感じの人だったな」

「ふーん……それ、一応俺が持ってくから」

ひそひそとやりとりしたあと、昂希はブレンドコーヒーとチキンサンドの載ったトレーを指した。先程の客を警戒しているらしい。たしかにテーブル席の方から彼の視線を感じる。

「もちろんお客さんをないがしろにはしないから安心して。でもあいつ恭ちゃんと話してるとき、なんか嘘吐《つ》いてる顔で怪しかった……というか、恭ちゃんを見て挙動不審になる理由なんて一目惚《ひとめぼ》れ以外考えられないし」

「一目惚れ筆頭が言うと説得力があるな」

冗談めかしていったらジト目で睨まれ、恭は肩を竦《すく》める。

「でも仮にそうだとしてもすぐに諦めてくれると思うぞ。さっき俺と昂希がパートナーかどうか彼に聞かれて、きちんと肯定しておいたからな。しかも彼からはアルファの匂いが一切しなかった――つまりベータだ。俺がフリーだったとしてもつがいになれるわけではないし、執着《ちゃく》されることもないだろう」

つがいの上書きはできないので、つがい持ちのオメガに恋慕《れんぼ》したところで虚《むな》しいだけだ。それがベータなら、なおさらどうにもならない。

――そもそもベータ一人くらいなら余裕で撃退できるし……。

そう考えてから、恭はハッとしてトレーに伸ばした手を引っ込めた。こういうときこそ、彼を頼る素振りを見せるべきではないか。「余裕で撃退できるし」という顔でホールにのっしのっしと出て行って逞《たくま》しさをアピールしている場合ではない。

「ええと、じゃあ、お願いしてもいいか？」

なるべく可愛く小首を傾げてみると、じわじわと頬を赤らめた昂希は口を半開きにしてこちらを見つめ、恭の頭をぽんと撫でてキッチンを出た。数歩進むあいだに完璧な営業スマイルを貼り付けた昂希だが、一瞬ものすごくデレッとしていたのを恭は見逃《みのが》さなかった。おそらく恭のしおらしい態度が、彼の好みにばっちりハマったのだろう。

――俺もやればできるじゃないか。

そう思う一方で、やはり自分らしくない振る舞いに違和感がないわけではない。でも彼の反応を見るにこれが正解なのだと自らに言い聞かせ、恭は使ったまな板を綺麗に濯《すす》ぐ。ホールでは、営業スマイルの昂希がへらへら笑いのチャラ男に一礼して、無事に接客を終えていた。

その後も例の客は店内を観察しているようだったが、帰り際に「美味しかったです～」と言い残して去っていった。あの馴れ馴れしい態度は若干不快だったけれど、昂希が対応を変わってくれたおかげか、しつこくはなかった。恭は見た目だけは華奢で中性的なオメガなので、ベータと言えどちょっかいをかけてみたくなったのかもしれない。

「……多分大丈夫だと思うけど、あの客がまた来たらなるべく俺が対応するから」

なんとなく不審感が拭《ぬぐ》いきれない様子でそう言った昂希は、ストイックな番犬みたいな凜々《りり》しい表情でチャラ男への警戒を示していた。その夜、一変してお気に入りのおもちゃを噛む犬のごとく恭のうなじをがぶがぶ噛んできたところは、少し可愛かったけれど。

## 6

「庭野《にわの》さんたち、そろそろ来る頃かな」

今夜はいよいよ閉店後のミライエで、庭野夫人との約束――デザートメニューの試作をする予定だ。昂希《こうき》が定期的に庭野と連絡を取り合ってくれていたので、必要な材料もあらかじめ聞いて購入している。

一日の精算作業を終えて、恭《きょう》が売り上げを金庫に保管し終えると、ちょうど同じタイミングで昂希のスマホがメッセージの着信を告げた。

「今、庭野から今日の仕事がトラブル続きで押してるって連絡が来た。自分は遅くなりそうだから、とりあえず奥さんだけ時間通りに来るってさ。すげえ泣いてる絵文字がついてる」

「そ、それは大変だな。というか、日和子《ひよりこ》さん一人なら迎えに行った方が――いや、送迎車があるから平気か」

「あの屈強な運転手がいれば、俺たちが迎えに行くよりいろんな意味で安全だろ。俺、先に材料並べて準備しておくわ」

昂希がキッチンに入って少し経った頃、店の前に黒塗りの車が停まるのが窓から見えた。相変わらずガチムチの運転手に付き添われてこちらにやって来る日和子を、恭は扉を開けて出迎える。

「日和子さん、こんばんは。お忙しいところご足労いただきありがとうございます」

「こんばんは、恭さま。今日はよろしくお願いいたします。うふふ、ドキドキしますわ」

「はい、よろしく——って、ドキドキ？」

「……あっ、いえ、お菓子作りは楽しくて、わくわくドキドキするものですから」

なぜか日和子が一瞬停止して再起動したような動きをした。そのとき、キッチンから昂希がバタバタと飛び出してくる。

「ひ、日和子さん、材料も準備万端だから！　今日はよろしくお願いします」

「え、ええ、ありがとうございます。主人は遅れて参りますので、先に始めてしまいましょう。木田《きだ》さん、多分こちらはもう外に出る用事もなさそうですし、ほどよい時間になったら主人を迎えに行ってあげてください」

日和子の言葉に頷いた木田は、丁寧に頭を下げてから車に戻っていく。おそらく彼はこのあと適度なタイミングで出発し、庭野を連れて戻ってくるのだろう。

「では早速——」

手を洗ってエプロンを身に着けた日和子は調子を取り戻したらしく、おっとりとした口調でてきぱきと動いて、効率のよい作り方を恭と昂希に指示してくれる。

まずボウルに入れた材料をハンドミキサーでかき混ぜて、何個もある小さめの型に少しずつ注ぎ入れてカップケーキの生地をスタンバイする。次いで刻んだチョコレートを溶かし、時短の裏技を駆使してその他の材料と混ぜ合わせ、丸い型に流し込めばガトーショコラの生地も準備が整った。それぞれを三段オーブンに入れて膨らむのを見守りながら、恭は冷蔵庫の中を確認する。デコレーション用のクリームと冷凍のフルーツは、業務用のものを解凍中だ。ここまで来れば実質完成と言える。

すでに軽くやりきった気分でふと時計を見ると、彼女が来てくれてからそこそこ時間が経過していることに気付いた。

「焼き上がるまでまだ時間があるけど——日和子さん、夕飯どうします？　旦那さんの分も作って大丈夫ですか？」

事前に夕飯はこちらが作るという話をしていたので尋ねると、日和子はカウンターに置いたスマホを一瞥して申し訳なさそうに眉《まゆ》を下げた。

「主人はまだかかるようです。お夕飯は私だけご一緒させていただいてよろしいですか？」

「了解です。じゃあ完成まで少しのあいだ、テーブル席でゆっくりしていてください」

恭が彼女を案内する横で、昂希が鍋《なべ》を取り出してパスタを茹《ゆ》でる準備を始める。途中でカップケーキとガトーショコラの生地が焼き上がったので、日和子を呼んで確認してもらい、無事にどちらも合格の判定をもらえた。判定のポイントを教わるためにひとかけらだけ味見をしたあとは、網《あみ》の上に置いて粗熱《あらねつ》を取っている。早く完成形を食べたくてうずうずしてしまう。

「お待たせしました」

二人で手分けして作った和風パスタとスープとミニサラダを日和子の待つテーブルにサーブすると、彼女は嬉しそうに顔を綻《ほころ》ばせてくれた。日和子の向かいの席に昂希と並んで座り、三人でいただきますと合掌《がっしょう》してから、和《なご》やかなディナーを楽しむ。

「日和子さんに来てもらえてよかった。お菓子作りって面倒なものが多いけど、これなら俺と恭ちゃんでも作れそうだし」

「ほんと、こんなにいろんな裏技や隠し味があるとは。勉強になったな」

日和子からコツを伝授されたおかげで時間も費用も抑えることができたので、店に出すのも現実的だ。店では焼いた生地を冷やしておいて、注文が入ったらクリームとフルーツをちょこんと載せて提供するのがいいだろう。

「ガトーショコラは粗熱が取れたらラップをして冷蔵庫に入れて、冷えたあとに型から外してカットしたら完成ですわ。カップケーキも乾燥対策をしっかりしたうえで冷蔵保存が安全ですね。ちなみにどちらも一晩置くと、よりしっとりと美味しくなりますよ」

「じゃあ恭ちゃん、明日の朝飯のデザートにちょっとだけ食べない？　なんなら俺、軽くデコレーションしてあげてもいいし」

にっこり笑って美味しそうな情報をくれる日和子と、魅力的な提案をする昂希に、恭は顔を輝かせる。想像しただけでよだれが出そうだ。

「それはすごく楽しみだ！　ガトーショコラとカップケーキ、どっちにしようかな、いっそどっちも……って、なんか視線を感じないか？」

「……あれ何だ？」

三人で訝《いぶか》るように店の扉の方に視線を移すと、ガラス張りの部分に男の影が見えた。庭野が来たのかと思ったが、車のエンジン音はしなかった。不審に思って目を凝《こ》らすと、いつかのチャラ男がふらつきながらこちらを見ている。酔《よ》っぱらっているのだろうか。

「あ、あいつ……」

昂希も気付いたようで、しかめ面《つら》で立ち上がって男の方に向かった。一階の店舗の入り口と裏口にも十亀《とがめ》作の防犯装置が設置されているので、閉店後に外側から無理矢理開けようとすると、あの無駄に臨場感溢《あふ》れる音声が流れてしまう。

「どうされました？　申し訳ありませんが、本日はもう閉店しております」

営業スマイルを貼り付けた昂希が扉を半分開けて対応すると、男は呂律《ろれつ》の回らない口調で扉に縋《すが》りついた。

「そんなこと言わないでくださいよぉ。僕、帰り方もわからなくなっちゃってぇ」

「申し訳ありませんが、本日はもう閉店しております」

「うう、せめて駅に、僕を駅に連れて行ってくださいー」

はぁ、と昂希が溜息を吐《つ》いて駅までの道順を説明するが、男は駄々をこねている。昂希の背中に黒いオーラが湧くのが見える。

「あっ、お兄さん、お兄さんが僕を駅まで——」

チャラ男の視線が取り付く島もない昂希から恭に移った瞬間、とうとう昂希が男の首根っこを摑んで外に出た。

「ったく、やっぱり恭ちゃん狙《ねら》いか。恭ちゃん、ちょっとそこの通りまで行ってくるわ。あそこからは一本道だし迷わねえだろ。俺は鍵《かぎ》を持ってるから、二人は施錠して中で待ってて」

ものすごく嫌そうな顔でチャラ男の背中を押す昂希に、恭は苦笑して頷いて入り口に鍵をかけた。今日は日和子もいるので、念のため戸締まりはこまめにしておくのが正解だろう。

「お騒がせしてすみません。あれ、前に一回だけ店に来たお客さんなんですけど……」

「接客業も大変ですね。少し違いますが、主人も政策に反対する方から事務所に嫌がらせのようなことをされたことがあるので、お気持ちはお察しします」

「あぁ、最近は敵も多いって言ってましたね。日和子さんは大丈夫ですか？」

繊細《せんさい》そうな人なので心配になって尋ねたものの、彼女はおっとりと首を縦に振る。

「主人の仕事関係の場には必ず警備の方がいらっしゃいますし、プライベートで外出するときも常に木田さんがおりますので」

「あぁ……たしかに彼がいたら怖くて手は出せませんね」

二人で食後のコーヒーを楽しんでいると、裏口からカタッと小さな物音が聞こえた。恭が腰を浮かした瞬間、部屋中にババババババというヘリコプターの飛行音と大勢の足音、そして「武器を置いて手を上げろ！　お前は完全に包囲されている」という音声が響き渡る。

「あら……？」

「俺、裏口の方を見てきます。日和子さん、こちらへ」

あまりの臨場感に「あら」の顔のまま硬直してしまった日和子の手を取り、恭は逡巡《しゅんじゅん》する。内階段から二階に行くには裏口に近付かなくてはならない。それにまだ二階の防犯装置は撤去《てっきょ》されたままだ。状況を確認できるまでは一階のトイレにでも隠れていてもらった方がいいだろうと判断し、彼女を素早く誘導する。

そのあと恭が一人で足音を殺して裏口に向かうと、半開きになった扉の向こうで見知らぬ男が四人、姿勢を低くして「何ごとだ⁉」という体勢で固まっていた。彼らの手にはそれぞれピッキングツールやバール、銃《じゅう》やナイフが握られている。どうやらピッキングで裏口を開けたため、十亀作の防犯装置が作動したらしい。

――綾城会《あやしろかい》の残党……は大熊《おおくま》たちが捕まえてくれたはずだ。もっと素人《しろうと》くさいし、寄せ集めの強盗か？　四対一だが相手はおそらく全員ベータ――いける！

さすがに今は「しおらしく」などと考えている場合ではない。恭は容赦《ようしゃ》なく正面の男に飛び蹴りをかまし、彼の落とした銃を拾って弾倉《だんそう》を抜く。一瞬でスライドを動かして薬室《やくしつ》の弾《たま》まで抜いて銃を無効化させたあと、狼狽《うろた》える男の顎《あご》を間髪《かんはつ》容れずに銃身で強打して意識を奪う。

「な、なんだこいつ、聞いてた話と違うじゃねえか！」

「どうしてカフェで働くオメガがこんなに銃の扱いに慣れてるんだよ！」

銃の扱いは大熊より得意だったんだ、と内心で自慢しつつ、バールを持った男の鳩尾《みぞおち》に肘鉄《ひじてつ》を入れる。侵入早々、十亀の防犯装置で虚《きょ》を衝《つ》かれたうえに、出てきた恭が予想外の動きをしたので、男たちは完全に混乱している。まるで連携《れんけい》が取れていない。

崩れ落ちた男の手元のバールを遠くに蹴とばしたところで、ナイフを持った男がようやくハッと気を取り直し、恭の背後に回って羽交《はが》い紋《じ》めにしようとしてきた。目の前ではピッキングの男がやけくそで拳を構えている。

羽交い紋めを抜け出すまでに一発くらい食らったとしても、相手は素手《すで》なので大したダメージにはならない――と思ったところで視界を傷んだ金髪が横切り、拳を構えていた男にタックルを決めた。吹っ飛んだ男は後頭部を壁に打ち付けて気絶している。

急な展開に驚いたのか、背後の男の力が緩んだ。恭はその隙を見逃さず、相手の足を思いきり踏みつけて拘束《こうそく》を解いて間合いを取る。

「昴希⁉」

「てめぇ、俺のつがいに触ったら許さねえぞ！」

恭を捕えていた男に飛び掛かった昂希は、自分に向けられたナイフを怒りの形相《ぎょうそう》で払い落とす。取っ組み合いの末、力業《ちからわざ》で馬乗りになった彼は男の顔面に二発ほど渾身《こんしん》のパンチを入れた。

背後で倒れていた男が起き上がろうとする気配がしたので、恭は素早く顎を蹴り上げて沈《しず》める。

昂希の方も無事に相手を戦闘不能にしたようで、ぜえぜえと息を切らして立ち上がった。

「昂希、大丈夫か――」

「おいおい、お前ら。せっかく俺がアルファの男を引き付けてやったのに、何をもたもたしてるんだよ」

声のした方向を振り向くと、先程昂希に首根っこを摑まれて退場したチャラ男が不機嫌そうに溜息を吐いて現れた。口の端に血を滲《にじ》ませた男は、恭に向けて手を伸ばす。

「恭ちゃんに触るな！」

「こういうのはオメガを人質にしちまえばいいって教えただろ？」

恭の肩を摑もうとするチャラ男に、昂希が怒鳴りながら駆け寄ってくる。しかしそれ以上の剣幕で、立ち上がることすらできなくなった侵入者たちが叫ぶ。

「そいつに触るな！　一番やばい！」

「へ――」

チャラ男の手を摑んで捌《さば》いた恭は、バランスを崩した相手の後ろに回り込んで首に手刀を入れて意識を刈り取った。

「その手刀、効くんだよな……じゃなくて、恭ちゃん、怪我はない⁉」

地べたに転がったチャラ男を一瞥した昂希は、すぐに恭の両肩を摑んで至近距離で見つめてきた。

「こいつ恭ちゃん狙いかと思ってたけど、俺が通りに連れていくあいだも意味のない嘘をずっと吐いてたんだ。それで何かがおかしいと思って問い質《ただ》したら、店の方から防犯装置の音声が聞こえて来て——こいつは俺を店から連れ出す役で、他のやつらが店を襲撃する作戦だったんだよ」

以前、ミライエに来店したときにいろいろと質問をしたり店内を見回していたのは、襲撃するための下調べだったらしい。店に引き返そうとした昂希は彼と揉《も》み合《あ》いになったが、一撃食らわせて大慌てで恭のもとに駆け付けてくれたようだ。

「まじで血の気が引いた……カフェ経営で本当にこんな万が一があるとは思わなかったし」

そう言いつつ、以前恭が「万が一のときはタックルをかまして吹っ飛ばすか、馬乗りになってぶん殴ればいいさ」と言ったことを、彼はきっちり実践《じっせん》していたのですごいと思う。

恭の周りをぐるぐる回って無傷であることを確認したあと、昂希はわずかに肩の力を抜いて抱きしめてきた。腕の中から見上げた彼の額には汗が滲んでいるし、取っ組み合いの最中に殴られたのか頰が少し腫《は》れている。

「うわっ、よく見たら昂希の方が怪我をしてるじゃないか。早く手当をしないと」

「はぁー……今ちょっと気持ちを落ち着かせてるから大人しくしてて」

「な、なんだよ。俺は見ての通り無傷だし、今回は綾城のときとは違うのは見てわかっただろ。むしろ敵にすら一番やばいやつ扱いされてるくらいなんだから、全然心配ない――」

言いかけた恭の言葉を遮《さえぎ》るように、昂希がよりいっそう長い溜息を吐いた。頭を引き寄せられて彼の胸に顔を埋《うず》めた恭のうなじを、彼の指が優しく撫でる。

「あのさ、恭ちゃんがどれだけ逞しくても、俺にとっては一生かけて愛したい、可愛い伴侶《はんりょ》なわけ」

「え――」

「え――って、嘘だろ、何その反応」

「いや、だって、俺はオメガだけど従順でも年下でもないし、顔以外は可愛くもないし……」

「あのグラビア雑誌はとっくに捨てたからね⁉　というかあんた、自己評価が高いのか低いのかわかりにくいな！」

「それに少し前まで自覚はなかったけど、俺は結構な恋愛音痴みたいで」

「自覚がなかったことに驚きだわ」

「俺が相手じゃ、アルファとしてつがいを守ったり可愛がったりする楽しみもないから、お前は理想とのギャップに悩んでるんじゃないかと」

「は……？　それ、どこから出てきた話？　俺の知らないあいだに思い込み暴走列車を発車させるのやめてくれない？　見事に脱線してるじゃねえか」

おずおずと顔を上げると、顔全体で訝しい気持ちを表した昂希に睨まれた。

「たしかに恭ちゃんは強いしちょっと猪《いのしし》みたいなところがあるけど、むしろ一人でも逞しく生きていけそうなあんたが俺にうなじを捧げてくれたんだから、余計に大切にしようって思うものだろ」

低くて少し怒ったような声で言い聞かされた恭は、彼に体重を預けながら聞き入る。

「こいつらくらい、恭ちゃん一人でも対処できるってのは頭ではわかってるよ。でもそういうのは関係ねえんだわ。俺の大事なつがいに何かあったら、死ぬほど心配して守ろうとするのは当たり前。わかった？」

思った以上に愛されている事実に安堵するのと同時に、侵入者と対峙《たいじ》して無意識に強張《こわば》っていた身体の力が抜けていくのを感じる。この腕の中では、自分はこんなにも安らげるのだ。

「わ、わかった……ありがとう。それに昂希が助けてくれなかったら、一発は食らってた。たしかに一人でもなんとかできたと思うけど、今回俺が無傷で済んだのは、昂希のおかげだ」

「もうあんな怪我させないって誓《ちか》ったからね」

昂希は愛おしげに目を細めて恭の頬を撫で、鼻先にちゅっと口づけた。次いで絶対零度《れいど》の眼差しを足元の死屍累々《ししるいるい》に向ける。

「で、こいつらは何なわけ？　強盗？」

「多分。一瞬、綾城会の残党かとも思ったけど、それは大熊たちが全滅させてくれたはずだし」

仮に残党がいたとしても、あそこの幹部はアルファ中心で、下っ端もみんな武闘派だ。この中途半端なベータ五人組は違う気がする。

そのとき黒塗りの車が脇道を通過し、ゆっくりと停止した。異常を察知して降りてきた庭野と運転手の木田が、「これは一体」と目を丸くする。

恭は避難させていた日和子に声をかけ、青い顔をして出てきた彼女の肩を抱く庭野を横目に、警察に電話して事情を説明する。すでにご近所さんから通報が数件あったらしく、現在警察官がこちらに向かっているという。店の裏口は外部から見えにくく、戦闘自体もあっという間に終わってしまったものの、十亀の4D音声が響き渡ったせいか「何が起きているかわからないけれど何かが起きている」と判断されたようだ。

ちなみに昂希は店のビニール紐《ひも》を持ってきて、木田と一緒に裏口で侵入者を拘束《こうそく》している。

「もう少し早く着いて私が対処《たいしょ》すべきでした。立《たつる》さまのご友人にお手間をかけるとはとんだ失態です」

「この事態を予想して動いてたら、あんたが黒幕説になるっつーの」

心底悔しそうに呟く木田に、昂希がげんなりとツッコミを入れる。木田と昂希の溜め息は、夜の闇に消えた。一方、店の中では庭野夫妻が身を寄せ合っている。

「日和子、大丈夫かい？　思ったより仕事が長引いてしまって……怖い思いをさせたね」

「いいえ、恭さまがすぐに私を避難させてくださいましたから。スマホを持たずに隠れてしまったばっかりに、通報も何もできず申し訳なかったですが……」

日和子のトラウマにならないといいけれど、と心配しながら様子を窺うと、思いのほか早く顔色が回復している彼女がこちらを向いた。そのとき両手両足を拘束されたチャラ男が視界に入ったらしく、「あら、この方、見たことがありますわ」と彼女は口元に手を当てる。

「え？」

恭と昂希の声が重なる中、彼女を抱き寄せて労《いた》わっていた庭野が「いつ、どこで見たのかな」と柔《やわ》らかな声色で尋ねる。

「先月あなたと報告会に行った帰りに――ほら、あの街で一度、すれ違いましたわ。私たちが車で信号待ちをしているときに、横の通りを歩いていらっしゃいました」

「そうか。……あの辺りには僕の政策に反対する団体がいるなぁ」

理解が追い付かない恭たちを置いてぶつぶつ呟いた庭野は、縛《しば》られた五人組の前まで来て彼らを見下ろし、背筋が凍るような笑みを浮かべた。

「ということは、君たちはそこの関係者かな？」

「ち、違う！　俺たちはただ、このカフェを狙って――」

急に雰囲気の変わった庭野に怯《おび》えつつ、チャラ男は首を横に振る。しかし庭野の隣でしゃがみ込んだ昂希が額に青筋を浮かべて男を眺め、にたりと不気味に笑った。

「庭野、こいつ今、嘘吐いたよ」

「そうか、柳《やなぎ》くんは嘘を吐いてる人がわかるんだっけ。やっぱり柳くんはすごいなぁ」

瞳を輝かせる庭野の言葉に、五人の表情が絶望に染まる。そこからはあっという間だった。

「君たちはあの団体の所属？　情報はどこから得た？　今から候補を言うから教えてくれるかな――」

「あー、それは嘘で、三番目が本当っぽい。右のやつは嘘しか言ってないし、もう話聞かなくていいよ。こっちのやつが一番表情がわかりやすいから揺さぶって――」

「今、少し話が矛盾《むじゅん》したね。あぁ、なるほど。さっき秘匿《ひとく》したことと合わせて考えると――」

怒り心頭のアルファ二人が手を組んだ結果――仕事モードになった庭野の理詰めの弁論術と、昴希の嘘発見能力で、警察が到着するまでのわずか数分のあいだに犯行の経緯《けいい》から依頼主まですべて引き出してしまった。

どうやらこの五人は所謂《いわゆる》ごろつきで、庭野の政敵に雇われたらしい。庭野本人は仕事中には警備がついているし、プライベートでも隙がないので狙いにくい。日和子も公私ともに庭野と行動をともにすることが多く、一人で外出するときも移動中は木田がいる。行き先もセキュリティがしっかりしている場所ばかりなので、手出しができなかった。

そんな折、庶民《しょみん》のカフェ――ミライエで日和子がデザートの試作をするという情報を入手した彼らは、日和子を誘拐《ゆうかい》して庭野を脅迫《きょうはく》しようと企《くわだ》てた。庭野の仕事のトラブルも夫と日和子を分断するために、彼らが仕込んだものだった。庭野は仕事を抜けられないので、先に日和子がミライエに送られる。その後、木田は庭野を迎えに行くため店から離れ、この場はアルファ一人とオメガ二人だけになる。そこが狙い目だったのだ。

チャラ男は仲間たちを睨みつけ、苦々しい顔で舌打ちをした。

「あらかじめカフェ店員のオメガに気がある振りをしておけば、俺に警戒したつがいのアルファを誘《おび》き出《だ》して、店から遠ざけることができる。そうすれば唯一戦闘力になりそうなやつが消えて、店に残るのは非力なオメガ二人だろ？　だから、そこを襲撃するよう指示したんだ。男のオメガは脅《おど》して動きを封じて、庭野の妻を攫うだけの簡単な作戦——のはずだったのに」

「だって、無駄に臨場感のある音声で出鼻を挫《くじ》かれたんだよ！　監視カメラとか警備会社のステッカーとかもなくて、セキュリティは緩いって聞いてたのに」

十亀が言っていた通り、現行の防犯装置は手の平サイズの地味な白い箱なので、高機能センサーが反応してとんでもない４Ｄ音声が流れるとは誰も思うまい。

「しかもベータの男に声をかけられただけで、ビビってつがいのアルファに接客対応を代わってもらうくらい弱いオメガだって聞いてたのに、実際は歩く危険物みたいなやつが出て来て返り討《う》ちに遭《あ》うし」

そういえばチャラ男が来店した際、昂希の好みを気にしてしおらしく振る舞うために、内心では「余裕で撃退できるし」と思いつつトレーを運ぶのを代わってもらったような記憶がある。

それが恭の華奢な見た目と相まって、か弱いオメガだと誤解させてしまったらしい。

「なんだよこれ、まったく割に合わないじゃねえかよぉ」

最終的に侵入者たちは半泣きで言い合いを始め、すべてを白状した。

数分後、すでに縛り上げられていた彼らは駆けつけた警察によって回収され、恭たちも事情聴取で署《しょ》に向かうために手早く支度を始めた。恭は外出用の上着を羽織りながら、すでにすっかり顔色もよくなりケロッとしている日和子に小声で尋ねる。

「あの……日和子さん、街で一瞬擦れ違っただけの人のことを覚えてたんですか？」

「ええ、私、人のお顔を覚えるのは少しだけ得意ですのよ」

彼女がはにかんだように笑った。「彼女は僕にとって、公私ともに不可欠な存在なんですよ」と言っていた庭野を思い出し、今さらながら深く納得する。

——そりゃいろんな意味で不可欠だな……しかも意外とメンタルの回復も早いし。

考えてみれば、上流階級のアルファの政治家を支える妻が、ただの繊細なお嬢様なわけがないのだ。彼女は彼女で恭にはない強《したた》かさを持っていて、きっとそんなところも含めて、庭野は彼の伴侶を愛しく思っているのだろう。

「恭ちゃん、俺たちも行かないと」

「あ、あぁ。そうだな」

相変わらず仲睦まじく腕を組んで寄り添って歩く庭野夫妻の後ろを、恭と昂希は軽い疲労を滲ませながら歩くのだった。

# 7

犯人制圧から庭野《にわの》と昴希《こうき》による尋問、署での事情聴取とバタバタしていたものの、しばらくすると全員無事に警察から解放された。庭野夫妻はひと段落して冷静に現状を把握《はあく》したのか、政敵からの襲撃に恭《きょう》たちを巻き込んだことを死にそうな顔で謝ってきた。

「柳《やなぎ》くんたちには大変な迷惑をかけてしまったね。最近は敵が増えてきたとはいえ、こんな強硬手段に出られるとは思わなくて……しかも僕ではなく日和子《ひよりこ》の方を標的にするなんて」

「私ももっと警戒すべきでしたわ。お店で騒ぎを起こす結果となってしまって……申し訳ございませんでした」

普段からできる限りの安全管理をしている彼らに落ち度はない。二人とも公《おおやけ》の場では警備をつけているし、夜道を一人で歩いたりもしない。悪いのはすべて、人の家に踏み込んでまで誘拐事件を企てたあいつらなのだ。そもそも犯罪において被害者を責める道理は一切ない。

次第に「よりによってこんなタイミングで」「柳くん、大事なときに本当にごめん」と支離《しり》滅裂《めつれつ》なことを言い始めた夫妻を昴希と二人でなんとか宥《なだ》めて別れ、自宅に辿り着いた頃には日付が変わっていた。

「疲れた……」

とりあえず粗熱の取れたガトーショコラとカップケーキにラップをして冷蔵庫に入れ、片付け途中だったキッチンを綺麗にし終えたところで、二人の口から同じ言葉が漏れた。

このまま二階に行って寝支度をしてもよかったけれど、その前に小休憩《しょうきゅうけい》を入れたい――と思っていたら、昴希がマグカップにホットミルクをいれてくれた。彼の顔にも疲労が滲《にじ》んでいるので、同じことを考えたようだ。テーブル席に向かい合って腰かけて、だらんと背もたれに寄りかかる。

「昴希、頬は大丈夫なのか？　一応簡単な手当はしたけど」

「平気、平気。ちょっと殴られただけだから。それより恭《きょう》ちゃんがなんともなくてよかった」

「……俺って、大事にされてるんだな」

マグカップに口を付けながら呟くと、昴希が半目になった。

「さっきもなんか変なこと言ってたけど、あんた一体どんな勘違いをしたんだ？」

「……いや、大したことでは……」

「あんたさぁ、思い込んだら一直線なのはいいけど、俺の知らないところで変な方向に爆走しないでくれる？」

そもそも昴希が大熊《おおくま》にひっそりと相談していたことが発端《ほったん》なので、自分の口から言っていいものなのだろうか。

「不安になるから黙るなって。ほら、言え！」

言い澱《よど》む恭の額に、デコピンが飛んできた。三回くらいピシピシと弾《はじ》かれて、恭はようやく口を開く。

「……前に、お前が大熊に相談していたのをたまたま聞いてしまったんだ。庭野さんたちを見て羨ましくなった、って。俺とつがいになったものの理想とギャップがあって、この関係に悩んでるんじゃないのか？」

「怖いくらい記憶にないんだけど。それ、ドッペルゲンガーってやつじゃね……？」

本気で心当たりがないらしく怯えだした昂希に、恭はもっと正確に思い出そうと記憶を探る。

「ええと、たしか大熊とは『今さらだろう』とか『もともとの好みとも明らかに違う』とか話してたな。あと、『アルファらしさやオメガらしさにこだわるわけではないけど、上流階級出身としていいつがいの基準は刷りこまれてるのかも』みたいなことを言っていた。だからてっきり……俺があまりにも見た目詐欺の逞しさだから、日和子さんほどではないにしろ、もう少し守ったり愛でたりし甲斐がある、可愛らしいつがいが理想なのかなって――」

「あぁー……なんとなくわかった」

昂希はようやく思い当たることがあったらしく、顔を顰《しか》めて唸《うな》るような声を漏らした。

「それだけじゃないぞ。思い返せば最近昂希は妙に寝つきが悪い日があったり考え事をしていることがあったし、挙げ句、仲がいいとは言えない大熊に相談するなんて相当悩んでいるんだと思うだろ。そのあと俺が態度を改めたらなんか嬉しそうだったから、その路線が正解なんだと思ってしおらしく頑張ってみたんだけど……どこからが俺の勘違いだったんだ？」

「…………くそ、やっぱりらしくないことするんじゃなかった」

苦笑した昂希は頭をばりばり掻いて、ふっと小さく息を吐いてから口を開いた。

「まず、別に恭ちゃんがしおらしくなったからって喜んだ覚えはねえよ。そんな迷走をしてるとは思わなかったから、あんたの態度がなんか変わったのも、つがいになって心身が変化しつつある影響かと思って見守ってただけだし」

「でも、たとえば俺がなるべく一口を小さく上品に食べるようにしたら、頬杖ついてものすごく優しい顔で俺のことを見てきただろう」

「一口の大きさとか関係なく、恭ちゃんが何か食べてるのを見るのが好きなだけなんだけど。なんなら可愛い顔で大口開けてもりもり食べてるのを見ると興奮するし」

「あ……」

言われてみれば、まだつがいになる前のヒート期に煮込みハンバーグを作ってくれたときも、先日ショッピングモールのカフェでデザートを食べていたときも――恭が深く記憶に留めなかっただけで、彼は以前からずっと、向かい合って食事する際は頬杖をついて愛おしげにこちらを見ていたような気がする。

「で、でも、ストレッチや筋トレをやめて恋人っぽく寄りかかったら、妙に甘い対応をしてきただろ」

「それはあんたがそろそろヒートになる時期だったから、少しでも不安にならないように労《いた》わってただけ。なんなら一緒に筋トレをしてるときの、パワーで俺に負けじと張りきって汗かいて呼吸が乱れた恭ちゃんを見る方が興奮するし」

たしかにその翌朝、恭はつがいになって初めての不安定なヒートになり、大変な思いをした。今までのヒートが制御可能な軽さだったため、恭自身は周期をどんぶり勘定していたので気付かなかったが、昴希は恭以上に気にしてくれていたようだ。……一緒に筋トレをしていた理由は一旦聞かなかったことにしよう。

「で、でも、あのチャラ男が来店したとき、トレーを持って行くのをお前にお願いしたら、デレッと嬉しそうだったぞ」

「それは単にギャップ萌《も》えだっつーの。しおらしい恭ちゃんも可愛いなって思ったけど、正直たまにでいいかな。雄々しい恭ちゃんを組み敷く方が興奮するし」

「……お前、興奮しすぎじゃないか？　アドレナリン大丈夫か？」

一つ一つ丁寧に答えてくれるのは紳士的だが、端々《はしばし》に煩悩《ぼんのう》が透けているのが彼らしい。

――それにしても、俺はどんだけ一人で空回っていたんだ……。

恋愛意識の低さを自覚してから、恭は昴希の好みや反応を気にし始めた。だからそれまでは一時的に認識するだけだった彼の愛情表現を、初めてはっきりと意識するようになった。つまり、恭の態度が変わったから彼の反応が変わったわけではなく、彼はもとからずっとあの蕩《とろ》けるような眼差しを恭に向けてくれていたのだ。恭の意識が変わったから、最近それに気付けるようになったというだけで。

なんという居《い》た堪《たま》れない状況だろう。恭の頬がじわじわと熱くなる。

「……じゃあ、大熊と話していたのは一体なんだったんだ？」

「それは――」

恭自身は彼の言葉に真剣に耳を傾けようとしていたのに、恭の腹の虫は空気を読まずにぐうぅ～と大きな音で鳴いた。

「ご、ごめん、戦ってカロリーを消費したせいか、実はさっきから小腹が空《す》いていたんだ」

くっくっと肩を震わせる昂希に、恭は顔を赤らめて弁解する。

「いいよ、そこでちょっと待ってて」

彼はさっさと立ち上がってなぜか二階に消え、戻ってくるなりキッチンで何やらごそごそし始めた。待っているよう言われたので、恭はホットミルクをお茶のようにズズッと啜ってしばらく大人しくしていたものの、やはり手伝うべきかと腰を上げる。

しかし恭がキッチンに入ったときには、すでに彼の手元には可愛らしくデコレーションされたカップケーキが一つ完成していた。

「ガトーショコラはしっかり冷やしてからじゃないと型から出せないから、今夜はカップケーキね」

「おぉっ、すごいじゃないか！　初めて作ったとは思えない出来栄えだ。店で出そう」

「まあ店でも出すけど」

カップケーキの上部には生クリームがたっぷりと絞《しぼ》られ、真っ白なクリームに散ったフリーズドライの苺《いちご》顆粒《かりゅう》が絶妙に食欲を刺激する。真ん中にはカットされた苺がちょこんと載っており、シンプルながらもポイントを押さえた仕上がりが魅力的だ。

「――待て。さっきの話が途中だぞ。話の腰を折ったのは俺の腹の虫だけど」

結構大事な話をしていたような気がして神妙な顔で昂希を見つめると、彼は肩を竦めて皿を指した。

「それもこれを食べてくれればわかるよ。……まあ本当は朝食のときに出すつもりだったけど、日付も変わってるしいいだろ」

意図が摑めなくて少し訝《いぶか》りつつ、「じゃあいただくけど」と恭はカップケーキの載った皿に手を伸ばす。

「フォーク出して持ってくから、座っていいよ――」

「いや、問題ない」

「え」

棚からフォークを取り出そうとする昂希の横で、恭はキッチンに立ったままカップケーキを包んでいる紙製のカップをペリッと剝《は》がし、そのまま一口で半分くらいガブッと食らいついた。やはり大熊のように一口で全部というわけにはいかない。

「あっ、あっ……」

急におろおろしだした昂希に首を傾げた恭は、舌の上でじんわりと広がる甘味を味わう。

──ちょっと行儀が悪かったか……？　でも昂希だってよくつまみ食いしてるし、そういうのを気にするタイプじゃないよな？

まして今は人目があるわけでもないし、洗い物も増やしたくない。そんなことより生地《きじ》に練り込まれたバターの風味と生クリームの甘味と苺の酸味が最高だ。これは売れる、という気持ちを嚙みしめながらもぐもぐと咀嚼《そしゃく》をしたところで、口の中に異物を感じた。明らかに食べ物ではない、硬い物体が入っている。

「むっ」

予想外の混入物にびっくりして、恭は反射的に目の前のシンクに顔を向け、謎《なぞ》の物体だけをペッと吐き出す。

「あぁーっ」

瞬間、昂希が悲痛な声を上げてシンクに駆け寄った。一体何事かと、恭もシンクの底に転がる異物をおそるおそる見下ろす。

「……なんだこれ？」

咀嚼途中だった口内のものをごくんと飲み込んだ恭がきらきら輝くそれを凝視《ぎょうし》すると、「あああぁ」と嘆《なげ》いていた昂希は最終的にぷっと吹き出して、突然声を上げて笑った。

「やー、ほんと、向いてないことはするもんじゃねえな。恭ちゃん、口の中大丈夫？　あ、一応、衛生的に問題ない状態で入れたから、そこは安心してくれていいけど」

こくんと頷く恭を確認した彼が異物を手に取って水で洗うと、小さな指輪が現れた。プラチナと思《おぼ》しきリングにキラリと光るダイヤが一粒《ひとつぶ》埋め込まれたデザインは、洗練されていて無駄がない。

「ふう、指輪もシンクも恭ちゃんの口も無事だな。しかしあんな怪獣みたいにガブリと行くとは……丸飲みされるんじゃないかとヒヤヒヤした」

どうやらトッピングの苺やクリームを少し崩せば指輪が登場する仕組みだったらしい。

「個人的にはメインのダイヤの左右を細かいメレダイヤで飾ったのもいいなと思ったんだけど、あんたは動きが猛々《たけだけ》しいから、繊細なデザインだと何かの拍子に破壊しそうじゃん？」

若干失礼なことを言われた気がするが、カップケーキに直に食らいついたばかりなので、恭はむっと口を尖《とが》らせるに留める。そんな恭に彼は目元を緩ませ、洗った指輪をタオルで包んで水気を切った。

「それに俺が恭ちゃんに惹《ひ》かれたきっかけは可愛い見た目だけど、結局そのどうしようもなくまっすぐでめんどくさいところを愛しちゃったんだから、指輪もあんたの中身みたいな、飾らない丈夫なデザインにしてみた」

「ちょ、ちょっとストップ。頭が追い付かないぞ。ええと、指輪……？」

「そう、婚約指輪。で、こっちが結婚指輪。重ねづけするとなかなかよくない？　あとこれ、保管してた婚姻届《こんいんとどけ》。俺の証人欄《らん》は庭野が記入してくれたから、あとは恭ちゃんのところだけ。前に十亀《とがめ》のじいさんに書いてもらうって言ってたよね？　実は明日――というか今日、来店したときに書いてもらうようにアポを取ってあるんだ。それが終わったら、閉店後に一緒に提出に行こう。日付が変わる前に出せば、恭ちゃんの誕生日が結婚記念日になるし」

「誕生日……結婚記念日……」

「誕生日と記念日が被《かぶ》ると嫌って人もいるけど、あんた初《しょ》っ端《ぱな》から『適当なタイミングでいいよな』とか言ってこだわりゼロだったから、強制的に祝える日に出すことにした。恭ちゃんってそういうとこ大雑把《おおざっぱ》だよねぇ」

　カップケーキの中にあったものとは別に、棚に隠していたらしいベルベットの小箱にはシンプルな指輪が収まっており、よく見たら昴希の左手の薬指にも同じものが嵌《はま》っている。さらにはほぼ記入済みの届出用紙まで出てきた。

「婚約……結婚……」

「えっ、そこから？　俺たちがつがいになったことは理解してる？」

「それはわかってるに決まってるだろ！　そうじゃなくて、こんなにロマンチックな展開で、がっつり段取りまで組んでくれていたとは予想外で。指輪も役所に行くついでに手頃なものを一緒に買いに行くような形式的な感じかと」

「指輪に関しては探りも入れてたけどね。俺の誕生日プレゼントを買いに出かけた日だって、目星くらいはつけておこうと思ってアクセサリーショップに寄ろうとしたし」

先日二人で行ったショッピングモールを思い出す。あのときもたしか、恭の腹の虫が邪魔をしてしまった。

「そういえばなんかおしゃれな店に入りたそうにしてたような……あの日は腹ごしらえにカフェに寄って、そのまま帰ったけど」

「それはあんたが『幸せだ』とか言って、くそ可愛い照れ笑いするから！　いろんなものが頭からすっ飛んで、とにかく抱きたくなっちゃったんだよ。犬だって目の前にあんなごちそうを出されたら、お手とかお座りとか放棄《ほうき》してとりあえず食うと思う」

ばつが悪そうな顔でダメな犬のようなことを言う彼に、恭は顔を赤くして言葉を詰まらせる。

「で、その翌日に十亀のじいさんが、恭ちゃんの誕生日が近いって話してただろ。つがいの契約は交わしてるから役所への届け出自体は別に急いでなかったけど、もともと指輪はいずれ俺からプレゼントするつもりだったし……それならもういっそのこと、あんたの誕生日に全部きっちり揃えてサプライズで正式なプロポーズをしてやろうと思って」

あ、と思って壁のカレンダーを見ると、まさに今日が恭の誕生日だった。最近は昴希の好みと自分の振る舞いを気にするのに必死で頭から抜けていた。事情聴取後に帰宅したあたりで日付が変わっていたことには気付いていたが、気に留める余裕がなかった。

「一応指輪は好みの問題もあるし、一緒に選ぶべきかとも考えたけど――好きなアクセサリーをリサーチしたら『メリケンサックとか……？』って絶望的な答えが返ってきたから、俺が選ぶことにした」

自宅マンションを整理しに行ったときにそこそこの金額のへそくりを回収して、早々に費用も準備した彼は、不動産屋とのやりとりの合間を縫《ぬ》って指輪を予約しに行ったという。

「よく俺の指のサイズがわかったな。俺だって知らないのに」

「そこが一番大変だった。寝てるあいだにサイズを測ろうと思ったのに、あんたは手練《てだ》れの侍《さむらい》かってくらい気配を鋭く察知して目を覚ますし……」

夜中に何度も起きていたので悩みでもあるのかと思っていたが、そういうことだったらしい。

「十亀のじいさんに秒速睡眠薬を一粒もらおうかと本気で考えた」と真顔で言う彼は、あの日は明け方まで奮闘《ふんとう》したという。鋭くて申し訳ない。

「で、肝心《かんじん》の渡し方は悩みに悩んだあげく、ちょうどデザートメニューの話が出たタイミングだったこともあって、熊野郎の経験談を参考にしてあんなことに。せっかく俺がカップケーキに手を加えても不自然じゃないシチュエーションまでこぎつけたのに……」

言っている途中で思い出し笑いをして肩を震わせる昂希につられて、恭も破顔する。あのべタな恋愛ドラマみたいな指輪の仕込みは、大熊の経験談だったらしい。たまにぼんやりと考え事をしていたように見えたのは、不動産屋とのやりとりでも恭とのつがい関係でもなく、指輪の渡し方を悩んでいたのだと思うと頬が緩んでしまう。

庭野や日和子が先程「大事なときに」などと言っていたのも、翌朝一番に昂希がサプライズすることを知っていたからだろう。

「でもまあ、おかげで緊張も解《ほぐ》れた」

「昂希、緊張なんてしてたのか」

「そりゃ本気で惚れこんだ相手に指輪を渡すんだから、緊張くらいするだろ」

「あっ、そ、そうですか」

なんで敬語になるんだよ、と噴き出した昂希は、少し沈黙してから若干苦い顔で口を開いた。

「……あと熊野郎との会話だけど、『今さらだろう』って言われたのも、『もともとの好みと違う』って言ったのも、アルファらしさとかオメガらしさとか上流階級のいいつがいの基準の話も、対象は恭ちゃんじゃなくて全部俺だから」

「は……?」

「ああもう、だってあんた、結果はどうあれ、もとは正義感が強くて誠実で仕事熱心な年上のベータが好きだったんだろ？　俺、人類で男ってところ以外に共通点ないじゃん。それにいざあんたとつがいになって人生設計を真面目《まじめ》に考えたときに、庭野みたいにこつこつと実績を積み上げてきたやつを目《ま》の当たりにすると、今まで自分が適当に生きてたことを少しだけ後悔したというか。退学や実家からの勘当は仕方ないにしても、そこから先の生き方はもうちょっと頑張っておいてもよかったんじゃないか、とかね。まあ羨んでいても仕方ないから、経営学を学んだり手堅《てがた》い資産運用を勉強したり、俺なりのやり方であんたを守れる理想の伴侶になれるように、努力っぽいことをしてるけどさ」

ノンブレスで言い募《つの》った彼は、最後に拗《す》ねたような顔になった。

「——つまり、何が言いたいかと言うと……とりあえずプロポーズくらいは自分からかっこよく決めたかったんだよ」

ぷいっと顔を逸《そ》らす彼を見て、恭は目を瞬《しばたた》かせた。大熊へのあの一連の相談は、恭に対してではなく、彼自身が恭のつがいとして力不足だと感じていたからだったのか。

ミライエは共同経営的な状態になっているものの、店も家も一応恭のものだ。ついでに戦闘力も、空手や柔道で鍛《きた》えていた恭の方が強い。彼が元いた上流階級の世界のアルファと比較したら社会的地位や権力なども含め、俗に言うスペックとやらが劣《おと》るのかもしれない。

——そういうところを、もどかしく思ってたのか。

関係ないのに、と恭は彼を見つめる。

別にかっこよく決めようとしなくても昂希はかっこいい。地頭のよさを活《い》かしていろんなことを学び吸収してくれるので、正直すっかり頼りにしている。腕っぷしはあまり強くないけれど、恋仲になる前から恭の心の弱い部分に気付いて慈《いつく》しんでくれた彼の腕の中は、恭がこの世でもっとも安らげる場所だ。

大体、おもちゃの銃を片手に武装した半グレ集団から恭を助け出してくれる人なんて、世界中のどこを探しても彼以外、絶対にいない。

「俺にとってはこれ以上ないくらい、最高のつがいなのに」

「……その台詞《セリフ》はさっきまでとんでもない勘違いをしてたあんたに、そっくりそのままお返しするけどね」

恭は昂希の好みを気にして自分らしさを抑えてしおらしくなろうと、昂希は恭にかっこいいつがいだと思われようと画策した結果、最初からべた惚れ同士だったことが判明してしまった。

甘酸っぱすぎる状況に、恭は堪えきれずに照れ笑いを浮かべる。彼も同じことを考えたのか似たような表情をしていたが、ごほんと咳払《せきばら》いをして、おもむろに恭の左手を手に取った。

「――じゃあ、そんなわけで」

温かな彼の手が、恭の薬指に婚約指輪をそっと嵌めてくれる。武道を嗜《たしな》んだり重いものを持ったりする恭の、オメガにしては武骨な手にも、それは違和感なく馴染んだ。気取りのない、しかし意志の強そうな輝きが、恭の薬指を彩《いろど》る。

「恭ちゃん、誕生日おめでとう。あんたが強くても弱くても俺にとってはたった一人のつがいなんだから、これからずっと俺に大事にされて愛されて、俺の隣で幸せになってよ。あんたの笑顔のためなら、まあ……一生懸命、粉骨砕身《ふんこつさいしん》、頑張るからさ」

こちらをまっすぐに見つめた彼は、そう言って照れくさそうに目を細めた。出会った当初のめんどくさがりな彼からは考えられない台詞だ。だが恭自身も、一人きりで踏ん張っていた頃からは想像がつかないほど、自分を幸せにしてくれるという彼の言葉を心から嬉しく思えるようになっている。

お互い無理をせずとも、愛し合うつがいとして少しずつ変化しているのだ。恭は彼に飾らない笑みを向け、力強く頷いた。

「昂希に出会えて、俺は本当に幸せ者だな。頼りにしてるぞ。末永《すえなが》くよろしく」

「よっしゃ任せとけ」

「おぉ、昂希がやる気に満ちている」

笑いながらぎゅっと抱きついたら、彼もぎゅうぎゅう抱き返してくる。そのまま昂希は恭を横抱きにして二階へ続く内階段を早足で上っていく。少しの距離なのにだんだん駆け足になった彼は、寝室のベッドに恭を下ろすなり早速覆《おお》いかぶさってきた。顔中にキスが降り、口元をぺろりと舐められる。恭がくすぐったいと身を捩《よじ》っても、追いかけるようにして唇を寄せる彼は、相変わらず「待て」のできない犬のようだ。

こういう可愛らしいところは、今後どれだけかっこよくなっても変わらないでほしい。そんなことを考えていたら首筋に舌が這わされ、着ていたシャツをたくし上げられた。露《あら》わになっ

た胸の尖りを口に含まれると、くすぐったさから一変して腰のあたりがずくんと疼《うず》き始《はじ》める。

「ひゃ、んん……っ」

凝《こご》った果実を甘噛みされるたびに、恭はびくびくと身体を震わせて小さく喘《あえ》ぐ。痛いのに気持ちよくて、下着の中では性器が膨らんでしまっている。もぞっと下肢《かし》を動かすと、彼は恭のジーンズのベルトを外して、緩んだウエストから右手を侵入させた。胸の飾りに歯を立てられながら直《じか》に屹立を扱かれると、すぐに昇りつめてしまいそうだ。なのに、彼はいいところで何度も手を緩める。

「やっ、あぁっ」

「恭ちゃん、腰揺れててやらしい……それに、酔いそうなくらい甘い匂いがする」

「俺ばっかり、やだ……っ」

昂希からも発情の香りは漂《ただよ》ってくるものの、自分だけが乱されているのはやはり恥ずかしいし、若干悔しい。彼にも直接刺激を与えて余裕な態度を崩してやりたい――そんな目論見《もくろみ》で伸ばした恭の右手は途中であえなく彼の左手に摑まり、指を絡ませた状態で宥めるようににぎにぎされた。

「いいじゃん、可愛いよ」

くくっと喉の奥で笑いながら、彼は恭の首筋に鼻先を埋める。意識が首の方に向いた瞬間、片手で性器の先端を軽く撫でられて、張りつめたそこから先走りがとぷりと溢れた。彼の指を濡らしながら、恭はもどかしさに腰をくねらせる。

「な、なんで今日は妙に焦《じ》らすんだ……！」

羞恥《しゅうち》と快楽で涙目になった恭が身を捩って抗議すると、彼は一度鎖骨《さこつ》に吸いついてからゆっくりと顔を上げた。うーん、と目を閉じた彼はうっとりした様子で、恭のこめかみに鼻先をすりすりしてくる。

「いつも思わずがっついちゃうけど、たまには堪能《たんのう》したいなと」

「堪能？」

「だって恭ちゃんが、俺だけに発情して、俺だけを誘惑する匂いを出してるんだよ？　しかも触れれば触れるほど、もっともっとってねだるみたいに甘く濃くなっていく。アルファとして、こんなに満たされることはねえよ」

「ん……」

そんなふうに言われると、好きなだけ堪能させてやりたくなってしまうではないか。恭はときめきのあまり唇を噛み締め、彼の愛撫を受け入れる。

つむじから足先、さらには恥ずかしいところまで隈《くま》なくキスを落とされ、恭は弱火の快楽にじわじわと焙《あぶ》られていく。やがて仰向けのまま、潤《うる》んだ後孔に挿入《そうにゅう》された彼の長い指が恭を追い詰め始める。達しそうになると前を握って戒《いまし》められ、じゃれるように耳朶《じだ》を食まれる。溜まらず漏らした吐息にさえ、甘えた声が載ってしまう。

執拗《しつよう》に愛でられた恭は上下の衣服を脱がされる頃にはどこもかしこも蕩けており、シーツが皮膚《ひふ》に擦れるだけでぴくんと身体を震わせた。全身を上気させる恭を見下ろしながら、彼が服を脱ぎ捨てる。はちきれんばかりに猛った剛直が、自分を求めて脈打っている。

それが欲しい、と頭で思うより早く、恭は脚《あし》を開いていた。片手を伸ばして自らの指でひくつく後孔を開き、本能のままに彼を誘う。

「昴希、早く……っ」

「それは反則だろ、恭ちゃん……っ」

汗ばんだ肌を合わせて、彼が恭を貫《つらぬ》く。その衝撃で達した恭の身体を容赦《ようしゃ》なく揺さぶる彼は、狼《おおかみ》のように荒々しい。

「やばい、止められないかも――すげえ可愛い、俺の、俺だけのつがいだ」

「止めないでいいからっ……、昴希、もっと、愛して……!」

夢中で恭を貪る昴希の首に腕を回し、隙間なくその身を密着させる。溺れそうなほどの愛を享受《きょうじゅ》しながら、恭は必死に彼に縋った。彼の名を呼ぶたびに幸福が胸を満たす。愛する人だけを誘う自分の匂いと、たった一人のつがいとして愛される悦びに、心が震えた。

「昴希、好き、大好き――」

「恭ちゃん……っ」

彼に抱き竦められたままひときわ激しく腰を打ちつけられて、目の前がちかちかと明滅する。

耳元で呻《うめ》くように名前を呼ばれ、飛びかけた意識の中で腹の奥に熱い飛沫《ひまつ》が散るのを感じる。

「あぁ――っ」

昂希の放った欲望をすべて受け止めた恭はなかなか絶頂から戻って来られず、彼の性器を腹に収めたまま、ぴくりぴくりと身体を小さく痙攣《けいれん》させた。汗ばんだ彼の肩口に顔を埋めて、荒い呼吸を繰り返す。

そのあいだずっと彼が恭の髪を指で梳《す》いてくれるので、次第に瞼が重くなってきた。

「……俺のつがいは可愛すぎて困るねぇ」

心地よさに目を閉じて額を彼の肩に擦り寄せた恭は、彼の低く甘い声を聞きながら眠りに落ちる。

昂希に髪を梳かれながら眠ったせいか、夢の中では何人かの手が恭の頭を撫でていった。生まれたときから恭の手を取り、ときに背中を押してくれた二つの優しい手と、かつて恭を愛してくれた武骨な手は、いずれも恭を祝福するように髪をそっとひと撫でしたあと、何も言わずに消えた。


翌朝は開店早々、十亀がハイテクすぎる電動手押し車にプレゼントを載せてやってきた。

彼は席につくなりにこにこと嬉しそうに婚姻届の証人欄にペンを走らせたあと、「二人ともおめでとうね」と言ってちょっととんでもないくらい高機能な自動食洗機をミライエのキッチンにテキパキと設置し、次いでグレードアップした防犯装置を取り出した。ボディは白いままだが「防犯警報」と書いた赤いシールが貼られ、サイズも少しだけ大きくなっている。

「これから二人で店舗経営に力を入れていくなら、目に見えて抑止力になるものも必要だからね」

老人はそう言って、手押し車から取り出した謎の機械を使って店舗入り口にスタンダードなタイプの防犯カメラも設置してくれた。昨日の事件ももっと防犯設備をアピールできていれば未然に防げたかもしれないと思っていたところなので、ありがたみも格別だ。

「監視カメラは一定期間が過ぎるとオートで上書きされるよ」

「おぉ、じいさん、すげえじゃん」

「4Dの音声もそのままだから、少なくとも不在時に入ってきた空き巣なんかはすぐ逃げ出すと思うよ。一応、異常を検知したらスマホにもアラートが飛ぶようにしたけどね」

「うん、助かるわ。ありがとな」

「あと万が一、危険な目に遭《あ》いそうな場合、こうすれば相手めがけて閃光弾《せんこうだん》が、こうすればネットランチャーが発射されるからね」

「おい、最後しれっと大胆《だいたん》な追加をしたな」

ひとしきり機能を説明してくれた十亀にガトーショコラの試作品をごちそうすると、彼はいたく気に入ったらしく、かつてないほど満面の笑みで食べていた。

昼のピークの時間帯が過ぎた頃、庭野夫妻から昂希のスマホに、恭へのお祝いのメッセージと、昨日のお詫びも兼ねて今度は庭野邸に招待するという旨《むね》が送られてきた。

襲撃に関しては彼らのせいではないしお詫《わ》びは不要なのだが、庭野はシンプルに昂希に会いたそうだし、日和子もおもてなしに燃えているらしいので、後日ありがたくもてなされることにしようと思う。


閉店直前にちょっといい酒を持ってやってきた大熊は「今日はすぐに帰る」と言いつつ、カウンター席に腰かけてアイスコーヒーを啜りながらそわそわと昂希に視線を送っていた。恭も昂希も仕事中は衛生面と紛失《ふんしつ》防止のために指輪をしないことにしたので、無事にプロポーズできたか気になったらしい。

顛末《てんまつ》を聞かされた彼は、昂希がデコレーションしたファンシーなカップケーキを一口で消費したあと、「さすが呉林《くればやし》……」と頭を抱えていた。しかし何もつけていない薬指を半《なか》ば無意識に撫でて頬を緩める恭を見るなり、大熊は目を丸くして昂希に顔を向けた。

「……さすが呉林を手懐《てなず》けた男」

感慨深《かんがいぶか》げに呟いた彼は、微妙に潤んだ目を誤魔化すように一気にアイスコーヒーを飲《の》み干《ほ》して帰って行った。

夜になり手早く店を閉めたあとは、昂希と二人で揃いの指輪をして、何駅か先の役所まで手を繋いで婚姻届を出しに行った。平日の夜の街並みは、かつて捜査に出ていた繁華街とは異なり落ち着いた様相だ。広い歩道に点在する人々は誰もがありふれた日常を踏みしめて歩いている。

「昂希、せっかくだし帰りにこの辺で夕飯を食べていかないか？　さっき美味しそうなエスニック料理の店を見かけたんだ」

「いいね。ついでに通りをぐるっと一周しようよ」

「そうだな。実はあそこの店も気になってて――」

そのとき、ちょうど真横にある店のガラス窓にうっすらと映る自分と目が合った。その姿は平和な街並みに溶け込み、握られた彼の手をあっちへこっちへと引っ張っている。

「恭ちゃん？」

「――いや、昂希と歩くと、いろんな場所に行きたくなるな、と」

「じゃあ夕飯を食べたあとは、腹ごなしに散歩がてら一駅歩いちゃう？」

「賛成」

犬歯を見せてくしゃっと笑った彼に、恭も笑顔を返して繋いだ手をぶんぶん振ってみる。一人だったら少し肌寒い夜の空気に、二人分の温かな笑い声が響く。

前だけを見て生き急いだ日々の中で、得られた強さもあれば、失ったものもある。幼い頃に夢見たようには、刑事としての人生はうまくいかなかったという悔しさだって、たしかにある。

けれど恭はそれらを全部背負って歩いて行く。猪突猛進では彼とはぐれてしまうかもしれないから、一歩一歩、歩幅を合わせて。目的地に直行しないことで味わえる楽しさだってきっとある。

愛する人と手を取り合って、気ままに寄り道をしながら幸せな未来に向かってゆっくりと、恭は足を踏み出した。

# あとがき

AFTERWORD……………………

—幸崎ぱれす—

こんにちは。または初めまして。幸崎《こうざき》ぱれすと申します。私の趣味全開のどたばたサスペンスアクションオメガバース、いかがでしたでしょうか。

見た目は可愛《かわい》いのに中身がやたらと雄々《おお》しい受と、ちょっとダメな（でも肝心なところではかっこいい）攻、という組み合わせが大好物なんです。同志の方もそうでない方も、どうか楽しんでいただけますように。

さて、サスペンス風味のわりに深刻になりすぎずに進んでいく本作。

当然のごとくハッピーエンドではありますが、恭《きょう》は刑事という仕事や刺激的な日常からは離れて、平和な街をのんびり歩く一般人となり、昂希《こうき》は今まで何も頑張ってこなかったことを若干《じゃっかん》悔《く》やみつつ、身近にいる大切な人のために自分にできることをこつこつやっていくという、冷静に考えると意外と現実タッチなオチだったりします。

「前を向く」「前に進む」ということはとても素晴らしいことですが、ふと下を向いてみたら案外大事なものが足元に転がっているかもしれないし、気ままに寄り道をした先で素敵な景色に出会えるかもしれません。恭たちもそんなささやかな幸せやなんてことない宝物を、取りこぼさずに生きていってくれたらいいなと思います。などと真面目《まじめ》に語ってしまいました。大丈夫でしょうか。

イラストは采和輝《いろどりかずき》先生に描いていただきました。雑誌掲載時はカラー扉にもしていただき、大変思い出深い作品となりました。

個人的に采先生の描く昂希がひたすら私の好みドストライクで、なんていい男なんや…と何度も悶絶《もんぜつ》しました。恭もとんでもなく可愛くかっこよく色っぽく描いていただいて、そりゃ昂希も近年稀《まれ》に見るレベルの一目惚《ひとめぼ》れをするわ…と激しく納得してしまいました。お似合いの二人を眺めては、毎日一人でにやけております。お忙しいところ引き受けてくださり、本当にありがとうございました！

最後に、関わってくださったすべての皆さまにありったけの感謝を。

あらぬ方向に猪突猛進《ちょとつもうしん》しがちな私をさすがの手綱捌《たづなさば》きでゴールまで引っ張ってくださった担当様、いつも温かな応援のお言葉をくださる読者さま、本書を手に取り読んでくださった皆さま、ありがとうございました。今後ともどうぞよろしくお願いいたします。

それでは、このたびは誠《まこと》にありがとうございました！

また次の本でお目にかかれますように。

この本を読んでのご意見、ご感想などをお寄せください。
幸崎ぱれす先生・采 和輝先生へのはげましのおたよりもお待ちしております。

〒113-0024　東京都文京区西片2-19-18　新書館
[編集部へのご意見・ご感想] 小説ディアプラス編集部
「じゃじゃ馬オメガは溺愛なんて望まない～くせものアルファと甘くない同居始めました～」係
[先生方へのおたより] 小説ディアプラス編集部気付　○○先生

- 初出 -
くせものアルファと甘くない同居始めました：
小説ディアプラス23年フユ号（vol.88）掲載
「じゃじゃ馬オメガは溺愛なんて望まない～くせものアルファと甘くない同居始めました～」を一部改題
極甘アルファとつがい生活始めました：書き下ろし

[じゃじゃうまおめがはできあいなんてのぞまない
～くせものあるふぁとあまくないどうきょはじめました～]
**じゃじゃ馬オメガは溺愛なんて望まない**
**～くせものアルファと甘くない同居始めました～**

著者：**幸崎ぱれす** こうざき・ぱれす

初版発行：2024 年 1 月 25 日

発行所：株式会社 新書館
[編集] 〒113-0024
東京都文京区西片2-19-18　電話（03）3811-2631
[営業] 〒174-0043
東京都板橋区坂下1-22-14　電話（03）5970-3840
[URL] https://www.shinshokan.co.jp/

印刷・製本：株式会社 光邦

ISBN978-4-403-52591-9 ©Palace KOUZAKI 2024 Printed in Japan